collection XVIIIe *siècle*
dirigée par Henri Coulet

CHARLES DUCLOS

ACAJOU ET ZIRPHILE

suivi de

FAUNILLANE ou L'INFANTE JAUNE

du comte de Tessin

et de

RÉPONSE DU PUBLIC À L'AUTEUR D'ACAJOU

de l'abbé Fréron

Édition préfacée, établie et annotée par Jean Dagen

avec les gravures de l'édition de 1744

LES ÉDITIONS DESJONQUÈRES

L'édition de 1744 a servi à l'établissement du présent texte.

36, rue Laffitte
75009 Paris

PRÉFACE

Ce n'est qu'un conte de fées, dira-t-on. Propos léger, car La Fontaine volontiers cédait, avoue-t-il, au charme de *Peau d'âne* ; il savait le prix et connaissait l'art du conte :

il rend l'âme attentive,
Ou plutôt il la tient captive,
Nous attachant à des récits
Qui mènent à son gré les cœurs et les esprits.

Perrault retient la leçon, la transmet aux modernes. Marivaux, Crébillon fils, d'autres encore dont Voltaire et Diderot, donnent dans le merveilleux. Le siècle qui se dit philosophe ne veut pas se priver de la fable et des fées. Au contraire, et sans paradoxe, la folie de l'imaginaire vient y servir la pédagogie de la raison. Si le fabuliste a dit en vers : « Le conte fait passer le précepte avec lui », le romancier Duclos note dans la prose d'une lettre : « L'enveloppe la plus badine des vérités ne doit pas les faire dédaigner ». C'est à l'auteur d'un récit très comparable à son *Acajou et Zirphile,* d'un récit où la parodie se joue du merveilleux, qu'il adresse cette réflexion en forme de compliment : comme dans *Acajou* la raison s'oppose au bel esprit, la sagesse du roi Phénix s'oppose à l'extravagance de la reine dans certain conte intitulé *La Reine fantasque,* dont l'auteur, peu suspect de légèreté, n'est autre que Jean-Jacques Rousseau.

C'est donc chose sérieuse de « faire une sottise » : Duclos décrit en effet son dessein en ces termes dans l'Epître d'*Acajou.* Mais nul ne doute de l'intention secrète — si peu secrète, en vérité ! — qui sait quelle honnêteté le moraliste des *Considérations sur les mœurs* exige du praticien des lettres : écrire et publier ne saurait passer pour un jeu, la désinvolture affectée n'est que tricherie. On se méprendrait à voir seulement dans le conte la sottise annoncée. Le lecteur est alerté, il est vrai, par une estampe, le cul-de-lampe placé à la fin de l'Epître ; le thème en fut choisi avec, sans aucun doute, l'assentiment de l'auteur : voilà la seule gravure originale du volume. Duflos y représente, debout sur une estrade, au centre d'une place, un singe : l'animal, vêtu en homme, le chapeau à la main gauche, salue des spectateurs. Bateleur ou comédien — il pourrait être peintre ou sculpteur selon l'iconologie traditionnelle qu'illustre notamment un Téniers —, le singe en artiste tourne en dérision l'art imitateur. Ici, comme dans les tableaux de Watteau et de Chardin, il imite l'homme parlant à ses semblables au travers de son œuvre, dessin, peinture, écriture ou parole. Le singe comédien a relevé au-dessus de son front un masque, masque de théâtre ou de carnaval, mais masque à figure humaine, et il délivre son message inscrit sur un placard qu'il présente de sa main droite : NUGAE y est-il écrit, c'est-à-dire bagatelles ou sottises. Le mot, lancé dans la parade simiesque, équivaut au « sottise » de l'Epître : la dérision jouée se retourne en avertissement. Pour qu'aucun doute ne subsiste, le bandeau déroulé au-dessus du singe parodique précise : SIC DELUDIMUS INEPTOS (c'est ainsi que nous nous jouons des sots). Par l'image et le texte, l'ironie s'applique toute à la sottise ; sottise à forme variable, expressément désignée comme l'objet même du conte.

Sottise est donc le maître-mot. Il exprime à la fois la nature, le sujet et le sens du récit. Il définit l'essence du conte et en détermine le vocabulaire par analogies et par oppositions. C'est à la considération de la sottise que tout renvoie, c'est au travers de cette notion centrale, obsédante, universelle, insaisissable, que toute chose devient intelligible. Dire ce qu'elle est ou plutôt ce qu'elle n'est pas, c'est ce qui fait l'essence de cette œuvre brève, ce qui en justifie la forme, en impose l'orientation et la finalité : *Acajou* par là échappe au rayon des écrits mineurs. Peu s'en faut même qu'à la faveur de cette cohérence annoncée et sciemment dialectisée le conte de fées n'apparaisse comme le lieu névralgique de la pensée de Duclos ; acculé à réfléchir sur la sottise et à la réfléchir, il se doit de lui opposer ce qu'en d'autres circonstances, dans d'autres textes, il tient en quelque sorte en réserve, le meilleur de sa philosophie : il s'est mis en demeure d'en révéler dans *Acajou* le principe quintessencié.

Sottise, en premier lieu, — pourquoi le taire ? — le conte de fées. Le conteur affecte de le répéter. Quand Harpagine, la méchante fée, s'avise d'inculquer à son pupille Acajou la stupidité, elle ordonne « aux gouverneurs du petit prince de ne lui parler que de revenants, de fantômes, de la grande bête et de lui lire des contes de fées pour lui remplir la tête de mille fadaises ». Il ne faut que montrer au lecteur qu'on n'est pas dupe ; on sait ce que vaut le genre que néanmoins on pratique. De même, dans le cours du récit, on n'use et n'abuse qu'avec ostentation des ressources de la magie, des commodités du merveilleux. On pose un regard ironique sur les excès de l'imagination : ses folies ou ses fantaisies — autant dire ses « sottises » — supportent d'être exagérées et magnifiées, puisque, avec la caution de l'esprit critique, elles passent pour les composantes arbitraires et indispensables de la fiction. Comme Marivaux et Crébillon, Duclos voit l'intérêt de beaucoup concéder à l'imaginaire et à l'artificiel : sous le couvert de l'humour, le jeu de la folie tourne au profit de la raison.

Autre aberration, défi renouvelé au bon sens : non content de s'aventurer dans le monde des fées, Duclos s'impose la règle de composition la plus déraisonnable. Il s'oblige à bâtir son histoire avec des matériaux qu'il n'a pas choisis. Il l'élabore à partir d'une suite d'estampes, collection de faits indépendants et obscurs, de personnages sans identité. Un récit a relié ces images, mais le conteur dernier venu est supposé ignorer son prédécesseur et inventer sans modèle. Marivaux imagine dans *La Voiture embourbée* un exercice d'imagination comparable : des personnages réunis par le hasard s'y divertissent à enchaîner à tour de rôle les suites improvisées d'un roman impromptu. Autant de logiques que d'auteurs, l'incohérence est de mise. Pour différente qu'en soit la règle, la gageure de Duclos découvre un même goût de l'expérimentation littéraire, la même volonté de se mettre à l'épreuve de l'arbitraire. Il y a là la marque de l'esprit d'innovation, le parti pris d'explorer la limite des genres, de se confronter aux normes, de courir comme écrivain le danger de l'absurde et du faux : pareille manière d'écrire ne pourra que sembler incongrue à des esprits traditionnels.

Duclos construit son conte comme un poète fabrique des bouts-rimés. Il laisse sa mémoire répondre aux sollicitations des images. Et tout naturellement il devine dans les illustrations du conte de fées initial qu'il est censé ne pas connaître, les lieux communs du genre : monstres, magiciens, fées bienveillantes ou malfaisantes, objets mystérieux, événements étranges, avec, la chose va de soi, les héros et les épisodes d'une histoire d'amour. Dès lors, comment éviterait-il les thèmes rebattus, les formules même les plus éculées ? Va-t-on reprocher à l'auteur d'*Acajou* d'emprunter à l'Arioste le mythe du pays des têtes perdues ? Que ferait-il de cette tête de jeune fille que l'illustrateur représente flottant sans corps au-dessus du gazon ? Mieux vaut se prêter et se plaire à cet art de faire histoire significative de données banales et de procédés galvaudés. Moins les morceaux sont originaux, plus l'agencement peut se révéler séduisant ; plus l'invention d'un sens fut aléatoire, plus il étonne et persuade. Voilà, transposée, la poétique de la difficulté féconde : il y a du ragoût à produire à partir d'une sotte contrainte un texte intelligent.

Il faut maintenant revenir au premier texte, le conte de *Faunillane*. Il est l'œuvre d'un noble suédois en mission extraordinaire auprès de la cour de France de 1739 à 1742. Cet homme épris de culture française, capable d'écrire en français sa correspondance, attentif aux productions de Marivaux et de Crébillon fils presqu'autant qu'il l'est à celles de Boucher, entreprend de composer pour son amusement, dit-il, et celui de ses proches, un conte de fées semblable à ceux qui s'écrivent en nombre à Paris depuis Perrault, un conte parodique. Parce qu'il a la passion de la peinture et qu'il admire Boucher (il écrit dans une lettre du 12 juillet 1740 : « Boucher me fait une Naissance de Vénus : cospetto ! che bella cosa ! » — ledit tableau est aujourd'hui au Musée Royal de Stockholm —), il lui commande pour illustrer son œuvre dix dessins, que gravera Chedel : ce sont les estampes dont s'inspire Duclos. Au demeurant, Tessin ne met aucune prétention à composer dans « la langue du monde la plus épurée » ; il déclare n'écrire que pour un très étroit public, la comtesse sa femme et « un petit nombre de (ses) amies ». L'auteur y attachât-il plus d'intérêt qu'il ne veut l'avouer, *Faunillane ou l'Infante jaune* n'est que divertissement d'amateur cultivé, familier des cercles où ce genre de littérature se confectionne. Cette « badinerie », « hasardée » dans un style qu'on sait ne pas maîtriser, exécutée sur commande de la dédicataire, vaut d'être relue après les pages contemporaines des Caylus et des Voisenon, avant *Acajou et Zirphile* dont elle fait ressortir la qualité.

Ce qui fait l'originalité de *Faunillane* est aussi ce qui confirme l'authenticité du conte. Authenticité peu douteuse, d'ailleurs, puisqu'on sait que « les amies françaises de la comtesse de Tessin la priaient instamment de leur prêter ce conte de fées » (d'après G. von Proschwitz) — ce qui suppose une certaine diffusion en dépit du tirage restreint — ; puisque la comparaison des éditions illustrées de *Faunillane* (où les gravures sont légendées) et d'*Acajou* permet de vérifier les correspondances entre textes et images. Il convient à ce propos de noter que l'éditeur des *Œuvres complètes de Duclos* en 1821, Villenave, cite les dix estampes selon l'ordre propre au récit de Tessin avec, pour chacune, indication de l'épisode.

Mais ce qui retient surtout l'attention, tout en inscrivant dans le texte les preuves de la paternité, c'est que le conteur, dans sa correspondance, désigne ses proches par les noms de ses personnages. Sa belle-sœur, Augusta Törnflycht, Mme Axel Wrede Sparre, la dédicataire de *Faunillane,* est communément nommée « la Fée » ou mieux « la Fée Pensive » : « Je me retrouverai à Sundby à côté de la main souffletante (allusion directe ?) de la Fée Pensive » (*Correspondance,* p. 318). Dans une lettre à son épouse Ulla, Tessin interpelle la même Augusta pour le choix jugé inopportun d'une gouvernante française : « Non, ma sœur, défaites-vous s'il vous plaît de cette mauvaise acquisition (...) J'ai une personne comme il vous faut en poche. C'est ce que j'ai l'honneur de vous annoncer en baisant vos belles mains et les petites joues bouffies de Faunillane et sa cadette, dont je prétends mettre les petites fesses à l'abri des insultes de cette vieille Princesse Micomicon » (*Id.*, p. 242). Quand Eva Sack, épouse d'un frère utérin d'Ulla, a besoin d'une pièce de taffetas, le sculpteur Bouchardon est commis pour la lui apporter : « La robe de la Reine aux écharpes, Princesse des béquilles est prête à partir. L'agrément est à la carthagène. » (*Id.*

p. 181, 11 août 1741) Quant à Hedvig Sack, elle est la Fée Robinette (*id.* p. 309). Du personnel du conte aux familiers de l'auteur et vice versa (on ne sait quel sens préférer) les échanges de noms sont constants. Ici et là, même tournure d'esprit, même goût d'un style pseudo-féerique.

Les noms de fantaisie parsèment la correspondance : Tessin nomme Charlotte Frederika Sparre tantôt « notre marionnette », tantôt « la Naine », tantôt « la Rose ». Quand Nattier fait son portrait, sachant que Mesdames, Henriette en particulier, et le vieux Fontenelle ont aimé « l'effigie d'une petite nymphe de Diane », on en prend occasion pour susciter une correspondance — combien précieuse sera-t-elle pour l'enfant ! — entre la nymphe minuscule et « le Nestor des lettres ». Parallèlement dans *Faunillane* pullulent les personnages aux appellations étranges : la Fée Matador, la Princesse Colombe blanche, l'ogre Œil de Bœuf, le Prince des Coudes. On pressent des allusions. A plusieurs reprises, il apparaît que l'Enchanteur Gros Sourcils et Lardonne sa femme, par exemple, appartiennent à une légende confidentielle. L'Epître prévient : « il s'agit de secrets qui ne sont connus qu'à celles qui ont l'honneur de votre (de la dédicataire) confiance. » Comme pour sceller le secret tout en donnant à entendre qu'il existe et qu'aucun lecteur ne le lèvera, Tessin introduit dans son récit certain magicien aux éternuements formidables, il l'appelle le Géant Borgne, pseudonyme dont il signe son épître dédicatoire. Pour les rares initiés (point si rares, on soupçonne une sorte de jeu de société) le code et les clefs étaient simples ; pour le lecteur, que ne retiendrait pas leur intérêt tout anecdotique, subsiste du moins le sentiment d'un mystère, sentiment agaçant en raison de la futilité du mystère, mais très propre au genre pratiqué. Il se peut même que ce secret sans consistance soit malicieusement exploité ; il expose à l'ironie une convention essentielle du conte.

Une intention analogue se découvre dans les fantaisies d'imagination qui font le charme original de *Faunillane*. Le pastiche du conte de fées s'y révèle truqué. La magie n'y emprunte rien à un monde ni à un vocabulaire surnaturels ou exotiques. Le merveilleux n'y paraît étrange qu'à force de ne l'être pas. Fiction et style se démarquent des traditions folklorique et orientale, ils font miracle de la réalité la plus banale. L'inspiration familière, entretenue par la référence implicite à des anecdotes de la vie ordinaire, autorise précisément cette magie de la banalité : on y verrait, avec un peu de complaisance, la promesse d'une forme renouvelée de fantastique. La description de l'allée des Idées, avec la formation du fameux diamant le Sancy, avec les jeux extraordinaires de la lumière, montre avec quelle économie de moyens le conteur invente ses prodiges. « Les tiges d'arbres étaient d'un albâtre de la couleur qu'elles ont naturellement » : la phrase fabrique de l'incroyable à moindres frais, mais non sans que le refus de l'excès dans l'anormal soit sensible. Fruits, végétaux et les parties du corps humain suffisent aux jeux de l'imagination : des mains taquines qu'on éloigne d'un revers « comme on tâche d'écarter une bouffée de fumée » ; un doigt dodu qui bat en mesure la perruque et qu'on enferme dans « un étui à cure-dents » ; des yeux qui brûlent l'enveloppe du corps. L'horrible même dans le fantastique se prive comiquement de l'extraordinaire : une Furie frise son chignon (tignon dit le texte) « avec un fer chaud », le Géant borgne au plus fort de sa colère devient « rouge comme de l'écarlate des Gobelins », sa puissance éclate dans ses éternuements. Quant à la métamorphose du ciron en dragon, elle s'opère par phases si progressives qu'elle en devient comme naturelle. La dérision est manifeste.

Il n'est même pas rare que dans le parti pris de banalité Tessin aille jusqu'au mauvais goût. Une certaine vulgarité n'est pas exclue. Est-elle assez répugnante la Fée Envieuse avec son « air de colique » ! Les calembours ne témoignent pas d'une excessive finesse : la Fée Lutine est ainsi nommée pour avoir épousé Œil de Bœuf, un ogre qui joue du luth ! Il est vrai cependant que ces facilités provocantes accusent le traitement parodique de la fiction ; d'autres écrivains renforcent de cette façon un style de la dérision, Voltaire et Diderot, par exemple. On observe pareil tour d'esprit dans les recueils que patronne Caylus. L'affectation de grivoiserie, les traits de vulgarité dénoncent par contraste une littérature de convention, toute faite d'artifices et de fausses élégances. Tessin est en effet de ceux qui déplorent la décadence contemporaine ; malgré sa prédilection pour la culture française, il sait critiquer « un temps un peu ingrat : le siècle des arts négligés, écrit-il le 10 juin 1740, est celui dans lequel nous vivons et le peu de goût qu'on trouve ici pour eux m'étonne et m'afflige. Du léger et du gracieux ! est la devise qui gâte les écrits, qui allonge les figures, qui affaiblit le coloris, qui cache les muscles, en un mot qui tronque et qui affaiblit tout. » (*Correspondance,* p. 93). Quelques incongruités, quelques plaisanteries un peu fortes expriment le refus d'une expression littéraire et artistique qu'il juge énervée. En opposition, il use avec excès de couleurs insistantes et de formes vigoureuses. Le mauvais goût appelle le grand goût.

Reste que *Faunillane* paraît ne proposer aucune signification décelable. L'histoire, en trois morceaux mal cousus, n'a guère de cohérence. La Reine aux écharpes d'or y fait une apparition sans conséquence. Le mariage de Percebourse et de Pensive n'a d'autre intérêt que de produire Faunillane, laquelle devient l'enjeu d'une rivalité de fées et de magiciens aux mobiles opaques. Il s'agit bien d'un divertissement, même si le choix du genre et du style tient du défi.

Quel sens donner par comparaison à l'entreprise de Duclos ? Fréron ne voudra voir dans *Acajou* qu'un pastiche, voire un plagiat de récits merveilleux ; il prétendra n'en retirer que de dérisoires enseignements ; au nom du public, il notera en guise de compliment que du « divin Duclos »

> (la) plume délicate
> Brille, même aux yeux des plus sots.

De nouveau les sots et la sottise ! Le critique renvoie à l'auteur le jugement de l'auteur sur le public, sans s'arrêter à la logique de Duclos : lequel Duclos s'est, à l'évidence, demandé par quelle sottise nouvelle répondre au goût d'un public déjà comblé ; il s'est dit : dans un monde où l'on ne trouve d'esprit qu'aux fous, il n'est de meilleure manière de passer pour fou que de faire du raisonnable. La sagesse y peut acquérir en contrebande le prestige de l'original. On aura le droit d'être sage à condition de l'être comme on serait fou. C'est donc en feignant de céder au goût du moment que Duclos se dispose à le contrarier. Fréron n'est pas prêt à saisir la double négation qui vaut assurance d'un dessein selon la raison.

Sans doute Prault décida-t-il sans trop de scrupule de tirer parti des estampes d'après Boucher ; après la courte édition de *Faunillane,* Tesssin rentré à Stockholm, le libraire rentabilise ses fonds de boutique. Double opération : il réédite le texte du Suédois sans les gravures (1743) ; il propose lesdites gravures à qui voudra les pourvoir d'un texte. Cela donne quelque vraisemblance au concours qui, dit-on, mit aux prises Caylus, Voisenon et Duclos. Illustrer d'une histoire dix illustrations, la gageure pouvait plaire à trois écrivains membres des mêmes sociétés de gens de lettres et d'artistes, habitués à confronter leurs travaux, à mêler leurs écrits dans l'anonymat de recueils collectifs (*Les Etrennes de la Saint Jean* en 1742, le *Recueil de ces Messieurs* en 1745). Le seul récit de Duclos fut, que l'on sache, conservé — si tant est que les deux autres furent achevés — et superbement édité avec les estampes de Boucher, Cochin fils et Duflos.

Duclos prétend, s'expliquant, comme il est de règle dans les préfaces du temps, sur l'origine naturelle de son œuvre, qu'il souhaitait reconstituer l'histoire première, fort ancienne sûrement et sûrement d'un mérite rare. Incertain de son succès, il ne propose son texte que pour un conte : amusante précaution envers un sot public ! En fait, avec une série d'images contraignante et déconcertante à la fois il a fabriqué de la logique et du sens. La série de neuf gravures, la première étant exclue qui ne peut que rester la première, s'ouvre dans *Acajou* par la scène où Harpagine prend possession du prince nouveau-né, se clôt sur le geste d'Acajou rendant sa tête au corps de Zirphile : de la malédiction de la naissance à la consécration de l'amour. La première partie du conte voit se former l'amour et se manifester les opposants, Podagrambo, puis Harpagine escortée de la Fée Envieuse. La fêlure du vase magique amorce la seconde : avec un pouvoir diminué, les méchants ne détiennent plus qu'une moitié de l'héroïne ! A son amant, pour la rendre entière et sienne, de trouver la tête perdue, les mains capables de saisir la tête, l'écharpe propre à maîtriser les mains. Le nouvel ordre ainsi constitué correspond à un schéma narratif classique : deux génies malfaisants, deux enfants de familles royales, deux éducations manquées, deux adolescents réunis par leurs désirs amoureux, séparés par les génies, soumis à des épreuves qui les forment et les réunissent. On croirait que la gageure était de restituer la structure caractéristique du conte de fées. *Acajou* se conforme au type du conte en assimilant des matériaux composites ; cette fidélité retrouvée envers le genre, soulignée d'ailleurs dans le cours du récit, ne peut manquer de recevoir une signification exemplaire : la fiction elle-même, reprise et repensée jusque dans sa forme, vient épouser le dessein de fond. Le conte de fées est dans un seul mouvement condamné dans son absurdité et réhabilité au nom de l'idée.

Le dessein ressort avec évidence de la comparaison étroite d'*Acajou* et de *Faunillane.* Car, bien que l'Epître le nie, Duclos connaissait l'œuvre du comte de Tessin. Comment supposer que le libraire ne lui ait pas communiqué en même temps que les estampes la réédition de *Faunillane,* laquelle est de l'année même, 1743, où Duclos écrit le conte qui paraîtra au tout début de 1744 ? Le lecteur ne saurait s'y tromper. Acajou extrairait-il d'une poire la tête perdue de Zirphile si Percebourse n'avait fait jaillir de grosses groseilles la Reine aux écharpes d'or ? N'est-elle pas parodique l'interprétation des symboles dans l'image du char horrifique des méchantes fées ? Peut-on, sans se moquer de Percebourse, écrire que le mélancolique Acajou, cherchant « à débrouiller ses idées (...) faisait quelquefois une assez sotte figure, comme il est aisé de voir dans l'estampe » ? Les plaisanteries sur les causes et les fins n'ont de sel que par le jeu de références implicites. Se soucie-t-on de justification psychologique, voici la tête décollée de Zirphile qui se place sur un buisson de roses « pour se faire une espèce de corps ». Veut-on des raisons vraisemblables pour des phénomènes qui n'en comportent pas, les mains voltigeantes de Pensive dans *Faunillane* sont dans *Acajou* celles de la Fée Nonchalante « qui en a été privée parce qu'elle ne savait qu'en faire » ; on les lui rendra à condition qu'elle devienne laborieuse : « elle se livra donc absolument au travail et inventa l'art de faire des nœuds ». Si le récit de Duclos fait de la sorte écho à celui de Tessin, c'est afin d'ironiser, à la faveur d'analogies calculées, sur les simulacres de rationalité dont use la fiction. Il est de cet art de parodier à la fois *Faunillane* et le causalisme de la narration un remarquable exemple : chez Tessin, la Fée aux écharpes porte lunettes parce qu'elle s'est gâté la vue à trop manger de groseilles, elle s'appuie sur une canne parce que le Géant Borgne l'a punie de sa folâtrerie en lui disjoignant les genoux d'un éternuement : les causes et les effets s'enchaînent de manière excessivement satisfaisante ! Dans *Acajou,* Ninette, la fée toujours pensante et toujours active, s'est vu imposer le port de lunettes pour cette raison que « leur vertu était, en affaiblissant la vue de tempérer la vivacité de l'esprit par la relation de l'âme et du corps » ; le conteur ajoute qu'on a depuis inversé l'usage, « tant on abuse de tout ». La béquille sert, de même, à ralentir la marche. Ces explications paradoxales attirent *a contrario* l'attention sur ce qu'est l'exercice authentique de l'intelligence.

Car c'est bien de l'intelligence qu'il s'agit. La manière dont est traité le conte de fées avertit de la portée de l'expérience menée dans *Acajou.* En dépit du genre pratiqué, ou bien plutôt à la faveur de ce genre d'autant plus propice à un dessein intellectuel qu'il y est naturellement étranger, Duclos donne à mesurer la distance qui sépare du bon sens les folies de l'imaginaire. Dans ses romans antérieurs, la question de la compatibilité et par conséquent de la correspondance du discours moral ou philosophique avec la forme de la narration ne s'était pas présentée avec semblable netteté : ni *Les Confessions du Comte de***,* ni l'*Histoire de Madame de Luz,* quelque romanesques que parussent les trois viols de l'héroïne, n'impliquaient pareil éloignement du réel et du vraisemblable. La signification morale de l'histoire, annoncée dans les deux romans dès les premières lignes, y devait se dégager directement des comportements et des faits ; quant aux personnages et aux événements, l'auteur ne les devait qu'à lui-même. Rien de tel dans le conte merveilleux.

Il en résulte d'abord pour le conteur une extrême liberté, une liberté nouvelle. Elle se manifeste précisément dans l'Epître au public : Duclos y raconte avec une belle désinvolture qui se permet et satire des lettres et des esprits contemporains, et tromperie sur la genèse de l'œuvre, comment il a choisi d'abuser ce public dont il dit aussitôt après mépriser l'incurable sottise. Il est permis de lire dans ces lignes une déclaration d'indépendance ; des incises et allusions dans le cours du récit en corroborent la valeur, toute masquée qu'elle soit, et opportunément, par l'apparente légèreté de l'opuscule. Cette indépendance pourrait être celle d'un écrivain qui ne se sent lié ni par des obligations techniques, ni par l'attente des lecteurs. Le voilà en situation de parler en son nom, sous le couvert de la futilité et d'un semblant d'anonymat, lâchant ses vérités comme le fou ou le bouffon ses profonds quolibets.

La liberté de ton va de pair avec l'apparente gratuité du récit, mais elle peut en outre s'appuyer sur la poétique du conte et s'aider de la fantaisie du merveilleux. Les personnages s'y trouvent définis par des caractères simples ; ils se répartissent en catégories ou partis parfaitement distincts. Ainsi se met en place une symbolique quasiment caricaturale, mais par là d'une grande efficacité : Podagrambo et Harpagine représentent définitivement sottise et méchanceté, Ninette la bonne volonté étourdie, etc... Ces personnages suscitent ou subissent des événements extraordinaires qui modifient gravement le cours des existences, provoquant des changements qui seraient irrémédiables et funestes si la possibilité d'un renversement n'y était la règle y compris à l'égard de la mort. En conséquence, il y est permis de créer des situations extrêmes dans la seule intention de provoquer des métamorphoses et des oppositions d'état à forte signification psychologique ou morale. Ainsi, les phases d'une vie peuvent s'ordonner selon une suite de crises, d'alternances contraires ou d'étapes progressives. Le destin d'Acajou notamment prête à d'exemplaires conflits d'attitudes et de valeurs ; le héros se révèle dans l'épisode canonique de son éducation, dans celui non moins conventionnel de ses amours ; il se voit soumis à des épreuves où il manque de se perdre, mais dont il réchappe et par ses vertus propres et grâce à une intervention magique qui en précipite l'effet : si bien que se dessine une sorte de parcours initiatique et que s'impose une figure proprement symbolique. L'intérêt essentiel des histoires croisées d'Acajou et de Zirphile réside dans l'apologue de leurs métamorphoses, moins dans les vicissitudes dont ils font l'objet et qui ne sont qu'occasions, que dans les modifications de sens contraires subies par leurs personnalités respectives ; car s'y manifestent avec force les critères fondamentaux de jugement.

Le conte en général et le conte de fées en particulier offrent cet avantage que la signification des conflits n'y est jamais douteuse et que les valeurs en jeu y apparaissent vigoureusement contradictoires. Dans sa simplicité efficace le genre rejoint la comédie. Si l'analogie est particulièrement sensible à propos d'*Acajou,* c'est que l'intrigue n'y importe pas tant, ni le sort des jeunes gens, ni le succès de leurs amours, ni leur bonheur, que l'affirmation victorieuse de certaines facultés et vertus, ainsi démontrées capitales. Ce n'est pas d'être heureux qu'on doit d'abord se soucier, mais d'avoir raison. De plus, comme la meilleure comédie, *Acajou* met en scène des notions élémentaires. Les commodités d'une intrigue que le recours au merveilleux permet de schématiser, libèrent les idées de la pesanteur du réel et de toute surcharge affective ; elles acquièrent la pureté de concepts abstraits. Le moraliste philosophe que Duclos aspire toujours plus à devenir, ainsi que le prouve la suite de ses œuvres, ainsi que le confirmeront les *Mémoires sur les mœurs de ce siècle* et surtout les *Considérations*, le moraliste et philosophe donc trouve son compte dans l'antagonisme épuré des idées : l'amour en face du désir, la raison en face du bel esprit, et surtout l'intelligence en face de la sottise.

Le conteur a décidé de faire d'*Acajou* l'apocalypse de la sottise. Elle y prend tous ses noms, elle est stupidité, bêtise, folie, avec des nuances dignes de considération. Elle s'y montre avec tous ses pouvoirs, sous ses déguisements divers, dans son langage propre. Elle a l'apparence monstrueuse de Podagrambo et manifeste sa connivence avec le pouvoir et la méchanceté qui se trouvent de la sorte conjoints. Elle s'assimile à la présomption, répandue de par le monde par les dragées que l'enfant Acajou avait eu le sage instinct de repousser et dont toute l'Europe, au contraire, se montra friande dès qu'elles y furent connues. La sottise peut résulter de cet « excès de vivacité » dont est menacée Ninette, « que les sots s'efforcent d'imiter et qu'ils appellent étourderie », tout autant que de cette absolue paralysie mentale dont se trouve frappée Zirphile, laquelle « rêvait au lieu de penser et n'ouvrait la bouche que pour dire une sottise ». Formes communément répertoriées ou variétés sournoises, capables de surprendre les mieux avertis, la *sottise* emplit de sa présence obsédante le conte de Duclos.

Que lui opposer sinon l'*esprit* ? le mot revient en effet dans le texte avec une fréquence comparable à celle de son antonyme. C'est bien l'esprit qui est en jeu dans les aventures d'Acajou. Non point telle forme d'esprit, mais l'instrument même de l'intellection, la faculté de comprendre, juger, raisonner. Cet esprit-là s'affirme dans Acajou comme disposition naturelle, don primordial, véritable instinct de discernement. Il rend l'enfant capable de résister sans réfléchir aux séductions fallacieuses de sa tutrice. Aux efforts de dévoiement qu'on organise à son encontre, il ne cède rien. C'est en vain qu'on tente de l'assottir par une instruction délibérément pervertie : qu'un maître de danse, un musicien et un poète lui enseignent la philosophie ne l'empêche pas de raisonner toujours comme un Descartes ou un Newton. L'humour et la satire implicite n'entament pas le sérieux du portrait et de l'éthique intellectuelle qu'il représente.

Mieux le personnage incarne l'esprit, plus il doit paraître scandaleux qu'il s'en sépare. Aussi ce divorce inconcevable ne survient-il que sous l'effet d'une magie sinistre : le jeune homme cueille au royaume des idées le fruit qui gâte l'esprit ; une grappe de raisin devient la pomme de cette nouvelle malédiction. Acajou « devint fol », c'est-à-dire perdit la raison sans perdre l'esprit. L'événement donne occasion de distinguer l'esprit de son homonyme, de lever une confusion très dommageable à l'esprit véritable et pourtant si commune. Celui qui entretient la folie du héros s'est affranchi du jugement et de la logique comme de la modestie et de la sagesse. Il faut, pour avoir de cet esprit-là qu'à l'instar d'Acajou on ne saurait ne pas se réjouir de posséder, n'avoir pas le sens commun, ainsi que finit par l'avouer la trop complaisante Ninette. Il est l'esprit de l'homme spirituel, l'esprit de société, par définition vif et brillant ; il rend disert et vaniteux, inspire les « extravagances » et les « raisonnements à perte de vue », suscite l'admiration du beau sexe.

Le talent de l'homme d'esprit s'exerce exclusivement en société, à la différence de l'entendement qui est transcendantal. Il triomphe en deux domaines que Duclos évoque expressément : d'une part, il procure à volonté des succès féminins et l'on voit en une page Acajou épuiser les ressources de la cour et de la ville ; d'autre part, il prédispose à se faire « bel esprit », autrement dit auteur : voilà, de fait, Acajou qui, sans apprentissage et sans savoir, « donne à corps perdu dans toutes les parties des sciences et de la littérature », produit dans tous les genres. Il ne saura qu'en relisant ses ouvrages, le bon sens retrouvé, de quelle sottise ils sont le fruit ; alors, il bâillera à ses romans et sifflera ses opéras (ce qui renseigne sur ce que doit être l'écrivain selon Duclos). Petit-maître et auteur à succès, telle est la double vocation de l'homme d'esprit ; le moraliste en décrit les déterminismes psycho-sociologiques sans même omettre l'esquisse d'un inventaire des stéréotypes langagiers : les gens d'esprit ont leurs mots de passe, ils se sont composé leur manuel des saillies du prince et l'ont opportunément intitulé, en vertu de cette mode d'esprit que Crébillon fils au même moment stigmatise également, « *le parfait persifleur* ».

Le retour à la raison s'opère en deux temps : on commence par se lasser de l'esprit qu'on croit avoir et de ses faux succès, au moment même où l'esprit qu'on a lasse et éloigne des admirateurs devenus des victimes ; ensuite intervient de nouveau la magie : quelques grains de raisin cueillis dans le jardin paradisiaque de Ninette déterminent une révolution : « L'effet en fut subit, il semblait qu'il eût été enveloppé d'un nuage qui venait de se dissiper et qu'un voile se fût levé devant ses yeux. » La raison ne se rejoint qu'à la faveur d'une conversion, comme s'il était exclu qu'on ne l'adoptât qu'à demi, qu'on pût la quitter et reprendre à volonté. On ne saurait éprouver à son égard qu'un goût irrésistible, une sorte de vocation. Il n'est de cure de la déraison que radicale : « tous les mauvais esprits » dont le conteur esquisse le catalogue infini devraient manger les fruits miraculeux du jardin de la fée. Par là, le récit merveilleux insinue que ce qui sépare les esprits est d'ordre intellectuel ; la distinction décisive est entre la pensée à visée individuelle ou particulariste et la raison à visée universelle.

Afin que soient pleinement instructives les aventures morales d'Acajou, la fiction le transporte au pays des idées : allégorie fort propre à compléter symboliquement une initiation philosophique. Or ce royaume des idées est une république. Chaque habitant y « est roi » à sa façon, tout y appartient à tout le monde, on s'y fait riche et puissant à son gré. Régime d'absolue liberté, régime pernicieux, car le dévergondage d'idées qu'il autorise convient surtout à des fous. Acajou rencontre en ce royaume quantité de têtes, têtes de qualité, qu'on n'eût pas soupçonnées perdues. C'est qu'il n'importe d'avoir des idées à profusion et des idées originales. Possession ne signifie ici que passion, manie, croyance, imagination ; alors que l'esprit vit d'éthique et de logique, soit à peu près de restriction et de banalité.

On n'en peut sensément douter, au fil des épisodes, au travers des symboles, des réflexions jetées à la volée, des allusions et insinuations, le conte merveilleux tient un propos philosophique. C'est, s'il faut la définir d'un mot, une philosophie de l'intelligence. Point de métaphysique évidemment, mais la révélation d'un principe d'unité, que Duclos nomme ici esprit ou raison ou sens commun et qu'il est plus clair de nommer intelligence. Les trop courts *Mémoires sur* [*sa*] *vie* de l'auteur expliquent le mot ; ils évoquent avec précision et gratitude les hommes dont la manière de penser fut pour le jeune Breton un modèle : Boindin et sa cornaline sur laquelle il avait fait graver les profils de Descartes, Bayle et Fontenelle avec l'inscription hétérodoxe : *Sunt tres qui testimonium perhibent de lumine* ; Fréret qui n'exploitait son érudition que pour « développer ses principes en philosophe » ; Dumarsais que sa philosophie faisait étranger au monde ; Terrasson auquel Duclos emprunte sa définition de « l'esprit philosophique » : « cette supériorité de raison qui nous fait reporter chaque chose à ses principes propres et naturels ». De cet esprit dont il se réclame et qui n'en valait pas moins pour s'enseigner dans les cafés, le disciple fait à Fontenelle l'hommage suprême (le bel éloge écrit après la mort du maître confirme la parenté d'esprit). C'est de Fontenelle, en effet, qu'il se montre sans doute le plus proche lorsqu'il préconise le détachement serein d'une intelligence impartiale et méthodique. L'intelligence dissocie et caractérise avant de rechercher les causes. Elle tient son objet à distance, s'oblige à n'en dire que ce qui en est empiriquement vérifiable. Elle ne fait référence dans l'acte de connaissance à aucun critère qui lui serait étranger. La preuve de la vérité se tire de la rigoureuse application des règles qu'elle porte en elle, puisqu'elle s'identifie à l'acte unique qui vaut à la fois savoir et conscience du savoir, puisque la certitude ne peut lui venir du dehors. Pareille morale intellectuelle dispense du recours à la croyance, en même temps qu'elle protège de la tradition, de l'habitude, du préjugé. Dès lors, la raison supérieure dont parlait Terrasson se montre bien telle en tant qu'elle aspire à juger d'un point de vue universel. Cette intemporalité de l'intelligence se manifeste particulièrement dans la réflexion sur l'histoire : Fontenelle décrivait une pensée historique d'ordre purement rationnel, Duclos reprend expressément la même idée dans la présentation de son *Louis XI.* La raison est dite supérieure en un autre sens, corollaire du premier : elle veut connaître chaque chose dans sa nature propre.

C'est de cette intelligence qui veut, à force de ne considérer que l'exigence d'universalité et la réalité de son objet, se confondre avec un pouvoir abstrait parfaitement honnnête et indépendant, que Duclos entend se faire le porte-parole, qu'il écrive des mœurs ou de psychologie, en auteur de fiction ou en moraliste. La philosophie de l'intelligence qui se dessine dans *Acajou* et qu'il fallait bien mettre au clair, confère à l'œuvre et à la pensée de Duclos une cohérence et une rigueur qu'on ne peut croire étrangères à l'estime que leur vouait un Rousseau.

L'allusion à Rousseau oblige à formuler une question qu'il n'était peut-être pas arbitraire de tenir en réserve : faut-il regarder la pensée de Duclos pour un pur intellectualisme ? La question peut, s'agissant d'un conte de fées, se formuler en termes plus adéquats : quels sont dans *Acajou* les rapports de l'esprit et du cœur ? Les éléments d'information fournis par le récit ne laissent rien à désirer. Quand Harpagine doue Zirphile de « la bêtise la plus complète », les autres fées promettent que « l'imbécillité de la princesse cesser[a] dans le moment qu'elle ressentir[a] de l'amour ». Quand Zirphile connaît l'amour, subitement l'esprit lui vient, car « le plaisir embellit et l'amour éclaire ». Autre observation probante : en examinant au pays des idées « les têtes qu'on dit que l'amour fait perdre », Acajou note que ce ne sont que « têtes de coquettes, ou de jaloux sans amour ». Mais l'histoire des sentiments d'Acajou constitue une démonstration complète. Lorsque le jeune homme perd la raison pour devenir « le plus spirituel et le plus fou des princes », il se rend incapable d'aimer : « Le premier effet d'un changement si subit fut le refroidissement du cœur. Acajou perdit tout son amour. » C'est parce qu'il n'a plus ni bon sens, ni amour, qu'il s'adonne au libertinage — lequel se trouve ainsi jugé, comme il l'est dans les *Confessions* et les *Mémoires sur les mœurs*. Le petit-maître met « le plaisir à la place de l'amour ». Il faut qu'il soit excédé de plaisirs pour que les sentiments amoureux reviennent dans son cœur, précédant et préparant le retour de la raison dans la tête. La leçon paraît explicite : l'amour et la raison vont de pair.

Le conte fournit lui-même l'explication de cette connivence : « La langue du cœur est universelle ; il ne faut que de la sensibilité pour l'entendre et la parler. L'amour porta dans l'instant un trait de flamme dans leurs cœurs et un rayon de lumière dans leur esprit. » Duclos admet équivalence et correspondance de la sensibilité et de l'intelligence lorsque l'une et l'autre se manifestent dans leur authenticité naturelle. Elles se rejoignent dans l'universalité de leur expression dès lors qu'elles sont véridiques. Quand l'amour est honnête, c'est-à-dire effectivement senti, il a la valeur d'une vérité intellectuellement acquise ; cette honnêteté du sentiment exige, en effet, les mêmes vertus que l'exercice de la pure intelligence, si bien que l'amour peut être tenu pour une initiation à la raison : proposition d'un tel intérêt que Duclos en fait la dernière phrase de son récit, remaniant la conclusion traditionnelle du conte de fées dans l'esprit de la leçon générale d'*Acajou* : « Ils vécurent heureux et eurent un grand nombre d'enfants, qui tous furent des prodiges d'esprit, parce qu'ils naquirent avec un penchant extrême à l'amour. » Il va de soi que, de même que la raison ne se laisse entraver par aucune opinion préconçue, de même l'amour vrai s'épanouit légitimement ; la morale qui lui ferait obstacle se condamnerait par là-même : ce n'est pas sans raison qu'une grande page du conte est consacrée aux premiers ébats naturels d'Acajou et de Zirphile, que cette page s'achève par une intervention approbatrice de l'auteur. Si le libertinage est traité comme une perversion de l'esprit, la négation de l'amour au nom de la vertu n'inspire pas plus d'indulgence. Il est dans *Acajou* certaine Zobéide dont « l'étalage de (...) fausse vertu » — Duclos ironise volontiers sur la vertu et ses prétentions — justifie la ridicule déconfiture. N'est-ce pas sa prétention à la vertu et son mépris d'un amour partagé, avoué et pour finir légitime qui expose Mme de Luz au triple attentat que subit justement sa vertu ? L'intelligence sert à reconnaître et justifier les signes de la sensibilité naturelle.

Si l'on reconnaît dans *Acajou et Zirphile* mieux qu'« un petit conte de rien », la virulence de la *Réponse du public* doit surprendre. Car c'est bien Duclos que vise le couplet sur le bel-esprit, le littérateur de café, le plagiaire. C'est Duclos que vise la satire des géomètres qui donnent dans le bel esprit. Aux dernières pages du pamphlet, c'est encore Duclos que Fréron malignement écorche : pour *Acajou* d'abord, un ouvrage facile, un « amas de ridicules imaginations » et de lieux communs empruntés, ni assez « joli » pour des enfants, ni assez « ingénieux » pour des adultes ; pour les *Confessions* aussi, dont les négligences de langue se retrouvent dans *Acajou* et en désignent l'auteur mal déguisé par son anonymat. Duclos méritât-il ces rudes coups, adroitement assénés, il est clair qu'il est traité en bouc émissaire de l'époque, d'une certaine mode d'esprit que partagent les philosophes de cafés et « les personnes du grand monde ». Fréron parle, lui, au nom de ce public que Boileau reconnaissait comme juge suprême parce qu'avec le temps son jugement ne manque pas d'être celui du Goût. Il parle en témoin de la décadence présente. La nostalgie des grands écrivains, des grands acteurs du siècle de Louis XIV l'habite et il ne peut aimer du présent que ce qui ramène ou sauvegarde un peu de ce passé récent : il nomme donc Jean-Baptiste Rousseau, fait peu discrètement l'éloge de son patron l'abbé Desfontaines, ajoute quelques noms dont tous ne sont pas négligeables ; Fréron s'efforce à l'impartialité envers les deux Crébillons, envers Prévost, envers Voltaire même dont lui agrée ce qui survivra mal. Mais ce qu'il déteste importe davantage : c'est avec Moncrif et Nivelle de la Chaussée, Fontenelle surtout, comme chef d'école, et ceux qui relèvent de son enseignement, Marivaux par exemple et, justement, Duclos. Les réprouvés représentent l'esthétique et la pensée moderne, alors que Fréron, comme Desfontaines, reste attaché à la tradition et, pour le style et la langue, au purisme classique. Bien évidemment l'orientation même de l'« esprit philosophique » entre pour beaucoup dans le jugement du critique, mais il suffit de considérer ici son grief principal envers les ouvrages contemporains. Ce que principalement il déplore, c'est l'abandon des grands genres au profit d'œuvrettes sans structure, échappant à toute règle, indifférentes à la recherche de l'émotion et du sublime. Or on ne renonce, selon Fréron, aux genres et au bon goût qu'afin d'accommoder les belles-lettres à leur nouvel objet : ce qu'il appelle géométrie et qui n'est pas seulement géométrie. Le reproche adressé à Voltaire est précisément de délaisser la tragédie et l'épopée, de quitter la « trompette de Virgile » pour « le compas de Newton », en somme d'introduire la science et avec la science la philosophie dans la littérature. Duclos paraît avec *Acajou* plus indiscret encore et plus irrégulier. Il y a dans cet amalgame de merveilleux et de pensée quelque chose de monstrueux que le bon goût ne tolère pas. Que la philosophie de Duclos heurte Fréron, cela paraît probable, mais Fréron ne voit pas ou ne veut pas voir cette philosophie, il n'en retient, pour dauber à bon compte, que des détails sans portée et manifestement parodiques. En revanche, le style, le ton, la forme de ce conte de fées détourné attirent toute sa passion satirique. L'antagonisme que met ainsi au grand jour la *Réponse du public* fait d'*Acajou* le centre d'un épisode significatif de l'histoire de la critique et de la création littéraire au cœur du XVIIIe siècle. Il oblige le lecteur du XXe siècle à prendre conscience de la nouveauté et de la hardiesse relatives du conte de Duclos, à saisir les motifs profonds de l'incompréhension volontaire de Fréron, à se prononcer sur un texte qui relevait, la chose n'est plus douteuse, d'une modernité que le temps a consacrée.

Jean DAGEN

NOTICE HISTORIQUE ET BIBLIOGRAPHIQUE

Le conte d'*Acajou et Zirphile* présente par lui-même un intérêt qui suffit à justifier une réédition. Il occupe en outre le centre d'un épisode caractéristique de la vie littéraire du XVIIIe siècle, marque dans l'œuvre de Duclos une étape dont l'importance semble avoir été sous-estimée, illustre les rapports des lettres, des arts et de la librairie sous Louis XV.

FAUNILLANE

Fils d'un architecte des bâtiments royaux de Suède, le comte de Tessin a séjourné en France à plusieurs reprises. Il s'est fait l'ambassadeur permanent de la culture française qu'il diffuse et importe dans son pays, notamment sous la forme d'œuvres d'art. Il joue un rôle non négligeable dans la politique suédoise en militant dans le parti des Chapeaux en faveur de l'alliance avec la France contre les Bonnets partisans de l'alliance avec l'Angleterre et l'Autriche. Comme tel, il est chargé d'une mission extraordinaire à Paris de 1739 à1742. C'est alors qu'il compose *Faunillane,* qu'il en demande l'illustration à Boucher dont les dessins sont gravés par Chedel. Pendant ces mêmes années, en particulier quand la comtesse a regagné Stockholm, il tient une correspondance fort précieuse ; cette correspondance est éditée par Gunnar von Proschwitz sous le titre *Tableaux de Paris et de la cour de France — Lettres inédites de Carl Gustav comte de Tessin* (Göteborg-Paris, 1983). L'ouvrage renseigne sur les goûts et le tour d'esprit du comte, ainsi que sur son entourage, son activité et ses relations en France.

Le texte de *Faunillane* fut à la demande de l'auteur imprimé en deux exemplaires in-quarto qui sont conservés à la Bibliothèque Royale de Stockholm. On peut en voir le fac-similé, avec version française et version suédoise, dans un volume édité à Malmö en 1955, dont l'Institut Tessin a fait en 1956 don à la Bibliothèque nationale (4° Y2 4550). Dans ce volume (la page de titre porte : A Badinopolis, 1741), les gravures sont légendées. Voici le texte de ces légendes dans l'ordre correspondant au récit de *Faunillane.* Entre parenthèses est indiqué le numéro d'ordre de la gravure dans la suite arrangée par Duclos :

— En regard de la page de titre : « L'écrivain rêvant à sa table de travail » (*AZ* n° 1, même position).
— *F* p. 4 : « Le Prince Percebourse dans l'allée des idées » (*AZ* n° 3).
— *F* p. 4 (en regard de la précédente) : « La Reine aux écharpes apparaît à Percebourse » (*AZ* n° 9).
— *F* p. 7 : « Percebourse écarte les mains qui s'approchent de son nez » (*AZ* n° 8).
— *F* p. 9 : « La tête bondissante » (*AZ* n° 7).
— *F* p. 12 : « Le prince joint la tête au corps » (*AZ* n° 10).
— *F* p. 14 : « La Fée Envieuse marie le Prince Percebourse avec la Princesse Pensive » (*AZ* n° 5).
— *F* p. 17 : « La Princesse Pensive arrêtée par le Géant Borgne » (*AZ* n° 4).
— *F* p. 21 : « La Fée Envieuse prend soin de Faunillane » (*AZ* n° 2).
— *F* p. 26 : « La Princesse Pensive renverse le verre » (*AZ* n° 6).

Alors qu'il était convenu entre Tessin et le libraire qu'il n'y aurait jamais « que deux exemplaires au monde » de *Faunillane,* Prault fils en tira au moins un troisième : un volume in-8° de 48 pages (BN/ M. 18813), sans les gravures, dont la page de titre porte : FAUNILLANE OU L'INFANTE JAUNE, Conte, *Sur l'un des deux imprimés in-quarto,* A Badinopolis, Chez les Frères Ponthommes, à l'enseigne du Roy d'Egypte, M.DCC.XLIII. Une annotation manuscrite précise sur cette même page de titre que « ce roman est l'ouvrage de Mr le comte de Tessin, ambassadeur de Suède, imprimé in-4°» et qu'il a été « par une infidélité du libraire r'imprimé dans cette forme ». L'annotateur ajoute : « Le Sr Duclos avait fait un roman d'Acajou sur les planches faites pour le roman de Mr le comte de Tessin. » La publication frauduleuse est de l'année même où Duclos est invité à greffer un récit nouveau sur les gravures de *Faunillane*.

DUCLOS AVANT *ACAJOU*

Bien qu'il ait fait l'objet de trois thèses (L. Le Bourgo, 1902 ; P. Meister, 1956 ; J. Brengues, 1971), Duclos mérite, ainsi que le remarque Henri Coulet (éd. Desjonquères des *Mémoires pour servir à l'histoire des mœurs du XVIIIe siècle*), études approfondies et plus généreuse réhabilitation, de son œuvre de romancier et de moraliste notamment ; il devrait partager, pour des mérites sensiblement différents, la faveur dont jouit désormais, et à juste titre, Crébillon fils.

Il écrit dans ses *Mémoires* : « Je suis né à Dinan en Bretagne, le 12 février 1704, d'une famille honnête et ancienne dans le commerce. (...) Je n'avais pas deux ans et demi lorsque je perdis mon père en 1706. » Suit l'éloge de sa mère, femme de beaucoup d'esprit et de caractère, qui assuma seule la gestion de l'affaire familiale et l'éducation des trois enfants, du petit Charles surtout, plus jeune de dix-huit et dix-sept ans que sa sœur et son frère. Charles commence des études à Rennes auprès de sa sœur. En 1713, il va les poursuivre à Paris, à la pension Dangeau pendant cinq ans, puis au collège d'Harcourt. Sa mère dont la fortune s'est trouvée compromise par la banqueroute de Law, lui permet cependant de rester à Paris, « avec une pension modique », pour y « faire [son] droit ». Le jeune homme préfère au droit les sociétés libertines et les salles d'armes. Il « montre une ardeur immodérée pour les femmes ». Informée de son inconduite, sa mère le rappelle à Dinan en 1725, mais consent à le laisser repartir. Il entre en pension chez un avocat au conseil, reprend ses inscriptions, mais son intérêt le porte surtout vers les « belles-lettres latines et françaises ». Il se met à fréquenter les cafés. Lui-même évoque le temps où il faisait au café de Procope son apprentissage intellectuel : il fréquente Boindin, Fréret, Terrasson, Dumarsais, gens de beaucoup d'« esprit philosophique ». Lafaye qui hantait aussi chez Gradot, fit le lien entre Duclos et La Motte, entre Duclos et Baron qui rapporte des souvenirs du règne de Louis XIV. L'écrivain en puissance se fait connaître et estimer, entre dans les cercles littéraires, se joint au groupe qui, autour de Caylus, compose chansons, parades, recueils collectifs (*Les Etrennes de la Saint-Jean)*.

La vie de Duclos aux environs de ses trente ans est assez mal connue. Il fut tenté par le théâtre, noua des relations avec Maupertuis, avec Fontenelle surtout, avec Voltaire aussi. Il est reçu et soutenu par les Brancas, se voit nommer comme associé à l'Académie des Belles-Lettres (1739), pour laquelle il écrit un mémoire *Sur les épreuves par le duel,* d'autres *Sur l'origine et les révolutions des langues celtique et française* (1740) puis *Sur l'origine et les révolutions de la langue française* (1741). Sa vocation de philologue sera confirmée par les *Remarques sur la grammaire générale et raisonnée* (1754), c'est-à-dire sur la Grammaire de Port-Royal.

Il publie en 1740 son premier roman, *L'histoire de Madame de Luz* (voir l'article d'Albert-Marie Schmidt, « Duclos, Sade et la littérature féroce », *Revue des Sciences Humaines,* 1951). Les *Confessions du Comte de* *** (1741) connaissent un considérable succès, dont témoigne le goût de J.-J.Rousseau pour le livre et pour l'auteur : « Du moment que j'eus lu cet ouvrage, je désirai d'obtenir l'amitié de l'auteur. Mon penchant m'inspirait très bien : c'est le seul ami vrai que j'aie eu parmi les gens de lettres. » (*Les Confessions*, livre VII, Pléiade p. 290) (Sur les *Confessions du Comte de****, voir l'édition critique de Laurent Versini, STFM 1969 ; la préface du même dans l'édition Desjonquères ; l'article de Roland Mortier, « Charles Duclos et la tradition du *roman libertin* » dans *Etudes sur le XVIII*e *siècle,* 1975).

En 1743, Duclos écrit les vers sans grand charme d'un ballet *Les Caractères de la Folie,* musique de Bury ; Fréron n'a pas tort de se moquer de cet essai au théâtre lyrique dont on retient seulement l'intérêt de Duclos pour la Folie — « C'est la reine de l'univers », chante-t-elle, approuvée par l'Amour — au moment où il compose *Acajou et Zirphile.* Le conte est publié, en effet, au début de 1744. Parallèlement Duclos travaille à son grand ouvrage d'érudition, l'*Histoire de Louis XI,* lequel paraîtra, dédié à Maurepas, en 1745. Dans la même année 1744, Duclos est nommé maire de Dinan, ce qui fait de lui un député du Tiers aux Etats de Bretagne et l'oblige à des séjours réguliers dans sa province.

Quand Fréron oppose sa *Réponse du public* à l'Epitre d'*Acajou,* il a vingt-six ans, étant né à Quimper en 1718 de sang breton et gascon à la fois (on dispose de deux excellentes études sur Fréron, l'une de Jean Balcou, *Fréron contre les Philosophes,* Droz 1975, l'autre de Jacqueline Biard-Millérioux, *L'Esthétique d'Elie Catherine Fréron,* PUF, 1985). Formé chez les jésuites de Louis-le-Grand, il devient professeur de collège avant de répondre à sa vocation littéraire, conservant néanmoins l'habit et l'appellation d'abbé. Il a composé des vers latins et français lorsqu'il rejoint l'abbé Desfontaines pour collaborer aux *Observations sur les écrits modernes.* Il affirme rapidement sa personnalité en publiant une *Histoire de Marie Stuart, reine d'Ecosse* (1742). Il signale avec éclat son talent de critique par des études sur La Fontaine et sur Pope, se révèle redoutable ironiste dans une *Lettre sur l'oraison funèbre du Cardinal de Fleury* et dans une *Lettre sur les discours académiques.* En 1744, le critique s'attaque à Duclos dans sa *Réponse du public à l'auteur d'Acajou,* puis dans une *Lettre à Madame de...* où il reprend ses vues sur l'état des lettres à ce moment du siècle.

La *Réponse du public* ne reste pas lettre morte. Duclos réagit en remaniant quelque peu le texte de son conte. Ainsi, dans la première version, Acajou et Zirphile « se promenaient souvent seuls, et lorsque le hasard les conduisait chacun de leur côté auprès de la palissade qui séparait les jardins, ils se sentaient attirés par une force inconnue. » Mais rien dans le récit ne donnait à penser que les palais et les jardins d'Harpagine et de Ninette fussent mitoyens : inadvertance relevée par Fréron ; et Duclos de rectifier avec humour : « ...lorsque le hasard les conduisait chacun de leur côté auprès de la palissade qui séparait les jardins de Ninette et d'Harpagine (car j'ai dit, ou j'ai dû dire, qu'elles étaient voisines), ils se sentaient attirés... » (p. 67). Autre modification consécutive au pamphlet de Fréron : ce dernier affecte d'admirer « la maxime : *les princes sacrifient l'orgueil à l'intérêt* » dans le passage où l'on voit Acajou aux prises avec les mains enchantées : « il en recevait des croquignoles qui lui parurent d'abord fort insolentes ; cependant son bonheur dépendait de les saisir et les princes sacrifient l'orgueil à l'intérêt. » La maxime a disparu dans la seconde édition (p. 93). Cette suppression va de pair avec celle qui intervient p. 104 : Acajou portant la tête de Zirphile est surpris par un orage et cherche un asile ; « On sent bien, disait le texte primitif, que ce n'était pas pour lui. Les amants et les princes ne craignent rien » ; « et les princes » est retranché d'une phrase trop manifestement ironique.

Les modifications relevées permettent de préciser l'histoire du texte. L'édition princeps d'*Acajou et Zirphile* est représentée à la Bibliothèque nationale par le beau volume in-4°, avec toutes les gravures, de la Réserve (Rés. Y2 745). Le possesseur du livre a fait relier ensemble le conte et la *Réponse du public*. Le même texte primitif d'*AZ* peut se lire dans les volumes in-12 :

— Y2 12805[1] (à *AZ* est joint *La Princesse Sensible et le Prince Typhon)*.
— Y2 Z 211 (Microfiche : M.11225).

Ces volumes sont datés de 1744. Il en va de même du volume in-12 coté : Y2 12806. Mais ce dernier présente le texte révisé après lecture de la *Réponse du public*. Les illustrations y sont reproduites en format réduit ; toutefois elles sont, à l'exception de la première, toutes inversées, ce qui pourrait confirmer qu'il s'agit d'une réédition. On n'a pas jusqu'ici distingué les deux versions du texte ; les comparer conduit pourtant à relever un certain nombre de variantes intéressantes. Duclos améliore sensiblement son texte. Voici quelques exemples de corrections :

Edition originale	Seconde édition
– Vous êtes enfant pour courir après la bagatelle	– Enfant, vous courez…(p. 48)
– avec toute la disgrâce possible	– avec toute la mauvaise grâce possible (p. 52)
– mais comme il fallait qu'ils se fissent aimer	– mais il ne leur suffisait pas de trouver un parti, il fallait qu'ils se fissent…(p. 53)
– La Fée ne regrettait plus les dragées de présomption	– Les dragées de présomption étaient celles que la Fée regrettait le moins (p. 57)
– Elle partit aussitôt	– Elle dit et part (p. 59)

– On trouvait *un monde de différences* ; on épuisait enfin les expressions outrées	– On trouvait *un monde de différences*; il n'y avait rien dont on ne fût *comblé* ou *confondu* ; on épuisait (p. 61)
– cette espèce de politesse qu'on a pourtous les Grands et qui n'engage...	– cette espèce de politesse qu'on a pour tous les Grands et qui n'oblige...(p. 63)
– Cette dernière qualité fait souvent respecter ce qu'on est obligé de haïr	– Cette dernière qualité, en se faisant haïr, se fait souvent respecter (p. 70)
– Zobéide goûtait les plaisirs de l'amour avec un amant obscur	– Zobéide goûtait les plaisirs d'un commerce secret avec un amant obscur (p. 85)
– chacun y est roi et règne en particulier sur tout l'Etat	– chacun y est roi et règne souverainement sur tout l'Etat (p. 86)
– Il sentit un vide dans son cœur que l'amour seul pouvait remplir	– Il sentit dans son cœur un vide que l'amour... (p. 99)
– dans un jardin dont elle seule avait connaissance	– dans un jardin qu'elle seule connaissait (p. 99)

Il apparaît clairement que la seconde édition d'*AZ* fait écho aux critiques de Fréron non seulement en revenant sur un détail de la narration, mais aussi en amendant un style qui appelait quelques réserves.

En ce qui concerne la *Réponse du public,* il convient de la lire soit dans le texte annexé au conte (Rés. Y2 745), soit dans le texte de la brochure in-4° dont la Bibliothèque nationale conserve plusieurs exemplaires (Y2 p 346 / Y2 z 29 / Rés. Fontanieu 263(16). C'est le texte de cette brochure qui est repris ici. La *Réponse* rééditée dans les *Opuscules de M.F**** (Amsterdam, 1753, 3 vol. in-12) est amputée de la dernière suite de vers, d'une ironie en effet facile et blessante. Jacques Brengues pense que Fréron modère sa virulence parce qu'il a découvert en Duclos un frère maçon. Peut-être suffit-il de remarquer qu'en 1753 Duclos est académicien (depuis 1746), protégé de Mme de Pompadour, historiographe de France (depuis 1750), qu'il est logé par le roi, qu'il est l'auteur des

Considérations sur les mœurs (1751), membre au surplus de l'Académie de Berlin : tout cela, sans doute, n'impressionne guère Fréron, mais on ne saurait traiter Duclos comme un auteur léger et un petit personnage. Le sentiment de Fréron sur Duclos n'est d'ailleurs pas changé au fond ; l'*Histoire de Louis XI,* qu'on attendait en 1744, ayant paru l'année suivante, voici la note ajoutée au texte des *Opuscules :* « L'Histoire de Louis XI a paru. Elle a eu un très grand débit et un très petit succès. » Rosserie à détente multiple.

En cette même année 1744, après la *Réponse du public* et la *Lettre à Madame de...* (avril 1744) par laquelle il invite les écrivains célèbres à entrer dans l'ordre des Francs-Maçons, sous réserve seulement qu'ils aient les qualités requises, Fréron, qui n'a pas renoncé à la poésie, publie une ode *Sur les Conquêtes du Roi.* Beau succès, rééditions ; le poème, corrigé, est repris dans les *Opuscules.* Fréron compose dans l'esprit et selon la rhétorique du genre ; Jacqueline Biard-Millérioux fait avec des arguments historiquement solides l'apologie de Fréron poète, « poète de second ordre » précise-t-elle.

Duclos ne manque pas l'occasion d'épingler ce morceau de poésie conventionnelle. Il publie la *Lettre d'un grivois du régiment de Champagne à M.l'abbé Fréron sur son ode intitulée Les Conquêtes du Roi* (A Furnes, chez Balthazard la Chamade, imprimeur du Grand Duc, rue de l'Embarras, au Roi de France, MDCC XLIV — BN : in-4°, Ye 3532). Le soldat interpelle Monsieur l'abbé : « Votre pièce est un synonyme de mots, un dictionnaire de rimes, où il n'y a rien pour la raison. » (p. 5) Les officiers n'y ont vu que « l'ouvrage d'un échappé de collège ». L'aumônier du régiment limousin, « capucin très-vénérable », a seul apprécié le poème comme étant « d'une longueur honnête, très emphatique, très monotonique, très admirable, très ineffable (ce sont ses termes) » (p. 7). Ce grivois capable de citer Juvénal réprouve banalités, allusions mal venues, comparaisons mythologiques accumulées, il se plaint « du phébus et de grands mots montés sur des échasses ». Son jugement est résumé dans ces lignes : « Savez-vous bien mon camarade, que tout ce que vous débitez sur le Roi est du plus trivial et du plus commun et que vos fictions sont louches et impertinentes : vous répétez ce qui a été dit cent fois sur tous les guerriers ; nous autres, grivois, nous nous *fichons* comme de raison de tous les poètes ; mais quand nous faisons tant que d'écouter ces perroquets-là, nous voulons du neuf, et, jarnibleu, du beau et du brillant, ou nous les envoyons à *tous les diables* » (p. 4). Ce discours faussement militaire marque du moins la répugnance d'un esprit philosophique et « moderne » devant la poésie officielle et la tradition rhétorique.

Fréron répond dans la *Lettre de l'Auteur de l'Ode sur les Conquêtes du Roi à un ami* (1745, in-4°, 15 p). Il se réclame de Malherbe dont il se dit le petit-neveu. Il oppose aux moqueries une théorie de l'ode et renvoie pour finir Duclos à son éducation de café : c'est au Procope qu'il doit « sa brillante réputation ». Cette satire de bas étage n'est pas recueillie dans les *Opuscules.*

Si Duclos semble par la suite moins intéresser Fréron, il n'est pas oublié dans *Les Philosophes* (1760), la comédie que Palissot écrit « sans doute aidé de Fréron » (voir J. Biard-Millérioux p. 303 et 337). L'affrontement à propos d'*AZ* n'était pas occasionnel. Le conte venait à point pour permettre à Fréron de peindre Duclos en auteur sans consistance et sans conséquence, en écrivain mineur dont on pouvait sans trop de scrupule laisser croire qu'il n'avait pas de pensée.

Le texte d'*AZ* ici reproduit est celui de la seconde édition corrigée de 1744 (BN, Y2 12806). De *Faunillane* il n'existe qu'une version. De la *Réponse du public*, c'est l'édition princeps qui s'imposait.

NOTE : L'établissement et la transcription des textes, le relevé des variantes ont été réalisés avec la collaboration de Mlle Virginie Bouloré.

ACAJOU
ET
ZIRPHILE,
CONTE.

Par le Sr Duclos.

C. Cochin filius inv. et Sculpsit.

A MINUTIE,

M. DCC. XLIV.

ÉPÎTRE AU PUBLIC

Un auteur instruit de ses devoirs, doit vous rendre compte de son travail : je vais donc y satisfaire. Excité par l'exemple, encouragé par les succès dont je suis depuis longtemps témoin et jaloux, mon dessein a été de faire une sottise Je n'étais embarrassé que sur le choix. Politique, morale, littérature ; tout était de mon ressort, pour parvenir au but que je me proposais ; mais ce qu'il y a d'admirable, c'est que j'ai trouvé toutes les matières épuisées par des gens qui semblaient avoir travaillé avec les mêmes vues que moi. Je trouvais des sottises en tout genre, et je me suis vu presque dans la nécessité d'embrasser le raisonnable pour être singulier, de sorte que je ne désespère pas qu'on ne parvienne à trouver la vérité, à force d'avoir épuisé les erreurs.

J'avais d'abord eu dessein de faire un morceau contre l'érudition, pour me donner l'air d'un génie libre, indépendant, fécond par lui-même, et qui ne veut rien devoir aux secours étrangers ; mais j'ai remarqué que c'était un lieu commun, trop usé, inventé par la paresse, adopté par l'ignorance, et qui n'ajoute rien à l'esprit.

La géométrie qui a succédé à l'érudition, commence à passer de mode. On sait à présent qu'on peut être aussi sot en résolvant un problème, qu'en restituant un passage. Tout est compatible avec l'esprit, et rien ne le donne.

Pour le bel esprit, si envié, si décrié, et si recherché, il est presque aussi ridicule d'y prétendre, que difficile d'y atteindre.

On méprise l'érudit, le géomètre ennuie, le bel esprit est sifflé ; comment faire ?

J'étais tout occupé de ces réflexions et de mon projet, lorsque le hasard a fait tomber entre mes mains un recueil d'estampes, qui, sans doute, ont dû être faites pour quelque histoire fort ancienne, du moins je n'en connais point de moderne à laquelle elles pussent convenir : j'ai extrêmement regretté un si rare morceau, mais comme il n'y a pas d'apparence de le retrouver, j'ai tâché d'imaginer sur les estampes quel en pouvait être le sujet, et d'en deviner l'histoire, qui sera peut-être aussi vraie que bien d'autres. Cependant, comme je pourrais bien n'avoir pas deviné juste, je ne donnerai ceci que pour un conte*. Je ne sais, mon cher public, si vous approuvez mon dessein ; cependant, il m'a paru assez ridicule pour mériter votre suffrage ; car, à vous parler en ami, vous ne réunissez tous les âges à la fois que pour en avoir tous les travers. Enfant, vous courez après la bagatelle ; jeune, les passions vous gouvernent ; dans un âge plus mûr, vous vous croyez plus sage, parce que votre folie devient triste, et vous n'êtes vieux que pour radoter ; vous parlez sans penser ; vous agissez sans

* Les estampes ont été faites originairement pour un conte qui a été imprimé, et dont il n'a jamais été tiré que deux exemplaires. On a essayé de faire un autre conte sur les estampes seules ; c'est celui qu'on va lire. (Note de Duclos)

dessein, et vous croyez juger parce que vous prononcez.

Je vous respecte beaucoup, je vous estime très peu ; vous n'êtes pas digne qu'on vous aime ; voilà mes sentiments à votre égard : si vous en exigez d'autres, je suis votre très humble et très obéissant serviteur.

L'esprit ne vaut pas toujours autant qu'on le prise, l'amour est un bon précepteur, la providence fait bien ce qu'elle fait ; c'est le but moral de ce conte : il est bon d'en avertir le lecteur, de peur qu'il ne s'y méprenne. Les esprits bornés ne se doutent jamais de l'intention d'un auteur, ceux qui sont trop vifs l'exagèrent ; mais ni les uns ni les autres n'aiment les réflexions : c'est pourquoi j'entre en matière.

Il y avait autrefois, dans un pays situé entre le royaume des Acajous et celui de Minutie, une race de génies malfaisants, qui faisaient la honte de ceux de leur espèce et le malheur de l'humanité. Le ciel fut touché des prières qu'on faisait contre cette race maudite ; la plupart périrent d'une mort tragique, il n'en restait plus que le génie Podagrambo et la fée Harpagine ; mais il semblait que ces deux derniers eussent hérité de toute la méchanceté de leurs ancêtres.

Ils avaient tous deux peu d'esprit : la qualité de génie ou de fée, ne donne que la puissance ; et la méchanceté se trouve encore plus avec la sottise qu'avec l'esprit. Podagrambo, quoique très noble, très haut et très puissant seigneur, était encore très sot ; Harpagine passait pour avoir plus d'esprit, parce qu'elle était plus méchante : ces deux qualités se confondent encore aujourd'hui ; ce qui prouve cependant qu'elle en avait peu, c'est qu'elle était ennuyeuse, quoique médisante. Pour le génie, il était assez méchant pour ne désirer que le mal, et assez imbécile pour qu'on lui eût fait faire le bien sans qu'il s'en fût aperçu : il avait une taille gigantesque avec toute la mauvaise grâce possible. Harpagine était encore plus affreuse, grande, sèche, noire ; ses cheveux ressemblaient à des serpents et, lorsqu'elle se transformait, c'était ordinairement en araignée, en chauve-souris ou en insecte.

Ces deux monstres n'en avaient pas moins de présomption. Harpagine se piquait d'agréments, et Podagrambo de bonnes fortunes ; ils avaient une petite maison élégamment meublée, où l'on voyait des magots de la Chine, des vernis de Martin, des chaises longues et des coussins ; c'était là qu'ils allaient s'ennuyer : ils menacèrent enfin le public de se marier, pour perpétuer leur nom. La *postéromanie* est le tic commun des grands ; ils aiment leur postérité, et ne se soucient point de leurs enfants. La proposition du génie et de la fée fut reçue comme une déclaration de guerre.

Le grand conseil de féerie crut l'affaire assez importante, pour indiquer une assemblée générale. La chose fut exposée, agitée, discutée ; on parla, on délibéra beaucoup, et cependant on résolut quelque chose.

Il fut décidé que Podagrambo et Harpagine ne pourraient jamais se marier, à moins qu'ils ne se fissent aimer : cet arrêt semblait condamner l'un et l'autre au célibat ; ou s'ils pouvaient devenir aimables, il fallait qu'ils changeassent de caractère et c'était tout ce qu'on désirait.

Ils cherchèrent aussitôt dans leur colombat quelle maison ils honoreraient de leur choix ; mais il ne leur suffisait pas de trouver un parti, il fallait qu'ils se fissent aimer, ils comprirent qu'ils n'y réussiraient jamais, sans un artifice singulier. Quelqu'aveugle que soit l'amour-propre, on connaît bientôt ses défauts quand l'intérêt s'en mêle.

Harpagine, plus inventive que le génie, lui tint à peu près ce discours : Mon dessein est de prendre des enfants si jeunes, qu'ils n'aient encore aucune idée ; nous les élèverons nous-mêmes ; ils ne verront jamais d'autres personnes et nous leur formerons le cœur à notre gré : les préjugés de l'enfance sont presque invincibles. Mon parti, ajouta-t-elle, est déjà trouvé : le roi des Acajous n'a qu'un fils qui a environ deux ans ; je vais lui demander de m'en confier l'éducation ; il n'oserait me refuser, il craindrait mon ressentiment : et l'on fait plus pour ceux que l'on craint, que pour ceux que l'on estime. J'aurai soin d'en user ainsi pour vous à l'égard de la première petite princesse qui naîtra.

Podagrambo approuva un plan si bien concerté et la fée partit sur son grand dragon à moustache, arriva chez le roi des Acajous, et lui fit sa demande, que le pauvre prince n'osa refuser.

Harpagine, charmée d'avoir entre ses mains le petit prince Acajou, repartit, et ne songea plus qu'à exécuter son projet. D'un coup de baguette, elle lui bâtit un palais enchanté que je prie le lecteur d'imaginer à son goût, et dont je lui épargne la description, de peur de l'ennuyer ; mais ce que je suis obligé de lui dire, parce qu'il n'est pas obligé de le deviner, c'est qu'Harpagine, en destinant le jardin de ce palais à servir de promenade au petit prince, y attacha un talisman qui l'empêchait d'en sortir, à moins qu'il ne devînt amoureux ; et comme elle était la seule femme qu'il pût voir, elle ne doutait point que son sexe seul ne lui tînt lieu de beauté, et que les désirs de l'adolescence ne fissent naître l'amour dans le cœur d'Acajou. Un accident qu'Harpagine n'avait pas prévu, contraria d'abord son dessein, et l'obligea de corriger son plan. Acajou avait reçu en naissant le don de la beauté, il devait être le prince le mieux fait de son temps ; cela flattait merveilleusement les espérances de la fée qui savait d'ailleurs que les prémices des jeunes gens les plus aimables appartiennent de droit à des vieilles : mais ce qui la chagrina fut de connaître que l'enfant avait été doué de toutes les qualités de l'esprit. Harpagine sentait qu'il n'en serait que plus difficile à séduire ; elle résolut sur-le-champ de corriger par l'art ce que son pupille avait reçu de la nature et de lui gâter l'esprit ne pouvant pas l'en priver. Elle entra dans le laboratoire où elle composait ses drogues ; les paroles les plus efficaces, les charmes les plus puissants furent employés ; elle composa deux boules de sucre magique ; dans l'une il y avait des pastilles dont la vertu était d'inspirer le mauvais goût, et de rendre l'esprit faux ; l'autre renfermait des dragées de présomption et d'opiniâtreté : celui qui en mangerait devait toujours juger

faux, raisonner de travers, soutenir son sentiment avec opiniâtreté et donner dans tous les ridicules ; de sorte que la maligne fée avait tout lieu d'espérer que si le prince en mangeait, il sentirait pour elle une passion d'autant plus forte, qu'elle serait plus extravagante. Elle vint aussitôt présenter les bonbons à l'enfant ; mais comme elle l'engageait par ses caresses à en manger, elle voulut prendre un air riant, qui lui fit faire une si affreuse grimace, que l'enfant en eut peur, et lui rejeta les boules au nez. Un homme de ceux qu'on appelle raisonnables, aurait été plus aisé à séduire ; mais la nature éclairée donne à ceux qu'elle n'a pas encore livrés à la raison un instinct plus sûr, qui les avertit de ce qui leur est contraire. Les dragées de présomption étaient celles que la fée regrettait le moins ; elle ne doutait point que la naissance d'Acajou ne lui en donnât toujours assez, mais jamais elle ne put lui faire goûter ni des unes ni des autres : elle les donna à un voyageur comme une curiosité très précieuse, en y ajoutant la vertu de se multiplier. Celui qui les reçut les apporta en Europe, où elles eurent un succès brillant. Ce furent les premières dragées qu'on y vit. Tout le monde en voulut avoir ; on se les envoyait en présent ; chacun en portait sur soi dans de petites boîtes ; on se les offrait par galanterie, et cet usage s'est conservé jusqu'aujourd'hui. Elles n'ont pas toutes la même vertu, mais les anciennes ne sont pas absolument perdues. Cependant Harpagine imagina de donner une si mauvaise éducation au prince Acajou, que cela vaudrait toutes les dragées du monde.

On apprit alors par les nouvelles à la main que la reine de Minutie était prête d'accoucher, et que toutes les fées étaient convoquées pour assister aux couches ; Harpagine s'y rendit comme les autres. La reine accoucha d'une fille qui était, comme on doit le supposer, un miracle de beauté, et qui fut nommée Zirphile. Harpagine comptait demander à la reine qu'elle lui en confiât l'éducation ; mais la fée Ninette l'avait déjà prévenue, et s'était chargée d'élever la princesse.

Ninette était la protectrice déclarée du royaume de Minutie. Elle n'avait pas plus de deux pieds et demi de haut ; mais sa petite figure réunissait tous les agréments, et toutes les grâces imaginables. On ne pouvait lui reprocher qu'une vivacité extrême, il semblait que son esprit se trouvait trop resserré dans un aussi petit corps ; toujours pensante, et toujours en action, sa pénétration l'emportait souvent au-delà des objets, et l'empêchait de les discerner plus exactement que ceux qui n'y pouvaient atteindre. Sa vue perçante et sa démarche vive étaient l'image des qualités de son esprit. Pour remédier à cet excès de vivacité que les sots s'efforcent d'imiter, et qu'ils appellent étourderie, pour se consoler de n'y pas réussir, le conseil des fées avait fait présent à Ninette d'une paire de lunettes et d'une béquille enchantées. La vertu des lunettes était, en affaiblissant la vue, de tempérer la vivacité de l'esprit par la relation de l'âme et du corps. Voilà la première invention des lunettes ; on les a depuis employées pour un usage tout opposé et c'est ainsi qu'on abuse de tout. Ce qui prouve cependant combien les lunettes nuisent à l'esprit, c'est de voir que de vieux surveillants sont tous les jours trompés par de jeunes amants sans expérience, et l'on ne peut s'en prendre qu'aux lunettes. A l'égard de la béquille, elle servait à rendre la démarche plus sûre en la ralentissant. Ninette ne se servait du présent des fées, que lorsqu'il était question de conduire une affaire délicate ; elle était d'ailleurs la meilleure créature qu'on pût voir : l'âme ouverte, le cœur tendre, et l'esprit étourdi la rendaient une femme adorable. Les fées qui assistaient à la naissance de la princesse, songeaient à la douer, suivant la coutume, et, en vraies femmes, commencèrent leurs dons par la beauté, les grâces et tous les dehors séduisants, quand Harpagine dont la malice était plus éclairée que la bienveillance des autres, dit, en grommelant entre ses dents : Oui, oui, vous avez beau faire, vous n'en ferez jamais qu'une belle bête, c'est moi qui vous en réponds, car je la doue de la bêtise la plus complète. Elle dit et part. Les fées ne furent pas longtemps à s'apercevoir de leur négligence ; mais Ninette ayant mis ses lunettes, dit qu'elle suppléerait par l'éducation à ce qui manquait à l'enfant du côté de l'esprit. Les autres fées ajoutèrent que pour remédier en partie au mal qu'elles ne pouvaient pas absolument détruire, l'imbécillité de la princesse cesserait dans le moment qu'elle ressentirait de l'amour. Une femme qui n'a besoin que de ce remède-là, n'est pas absolument sans ressource. Ninette ayant pris Zirphile entre ses bras, la transporta dans son palais, malgré tous les pièges de la méchante fée.

D'un autre côté, Harpagine ne s'occupa plus que du soin de donner à son pupille la plus mauvaise éducation qu'elle imagina, afin d'étouffer l'esprit par la mauvaise culture ; comme elle espérait que la stupidité rendrait inutiles tous les soins qu'on prendrait de Zirphile, elle ordonna aux gouverneurs du petit prince de ne lui parler que de revenants, de fantômes, de la grande bête, et de lui lire des contes de fées pour lui remplir la tête de mille fadaises. On a conservé de nos jours par sottise ce que la fée avait inventé par malice.

Lorsque le prince fut un peu plus grand, la fée manda des maîtres de tous côtés, et comme en fait de méchanceté elle ne restait jamais dans le médiocre, elle changea tous les objets de ces maîtres. Elle fit venir un fameux philosophe, le Descartes ou le Newton de ce temps-là pour montrer au prince à monter à cheval et à tirer des armes. Elle chargea un musicien, un maître à danser, et un poète lyrique de lui apprendre à raisonner, les autres furent distribués suivant ce plan, et ils en firent d'autant moins de difficulté, que tous se piquent particulièrement de ce qui n'est pas de leur profession. Qu'il y a de gens qui feraient croire qu'on a pris les mêmes soins pour leur éducation !

Avec tant de précautions, Harpagine ne doutait point du succès de son projet ; cependant, malgré les leçons de tous ses maîtres, Acajou réussissait dans tous ses exercices ; il n'acquérait, à la vérité, aucune connaissance utile, mais les erreurs ne prenaient point sur son esprit. Heureux dédommagement ! Après les bonnes leçons, ce qu'il y a de plus instructif, sont les ridicules et ceux des maîtres d'Acajou le mettaient en garde contre leurs préceptes. Il devenait beau comme l'amour, il était fait à peindre, toutes ses grâces se développaient. Harpagine prétendait que tout cela croissait pour elle : il faut la laisser prétendre, et voir ce qui arriva.

Tandis qu'Harpagine travaillait de toute sa force pour faire un sot d'Acajou, la fée Ninette perdait l'esprit en tâchant d'en donner à Zirphile. La cour de la petite fée rassemblait tout ce qu'il y avait de gens aimables dans le royaume de Minutie. Les jours qu'elle tenait appartement, rien n'était si brillant que la conversation. Ce n'était point de ces discours où il n'y a que du sens commun ; c'était un torrent de saillies ; tout le monde interrogeait ; personne ne répondait juste, et l'on s'entendait à merveille, ou l'on ne s'entendait pas, ce qui revient au même pour les esprits brillants ; l'exagération était la figure favorite et à la mode ; sans avoir de sentiments vifs, sans être occupé d'objets importants, on en parlait toujours le langage ; on était *furieux* d'un changement de temps ; un ruban ou un pompon était *la seule chose qu'on aimait au monde* ; entre les nuances d'une même couleur, on trouvait *un monde de différences* ; il n'y avait rien dont on ne fût *comblé* ou *confondu* ; on épuisait enfin les expressions outrées sur les bagatelles, de sorte que si, par hasard, on venait à éprouver quelques passions violentes, on ne pouvait se faire entendre, et l'on était réduit à garder le silence ; ce qui donna occasion au proverbe : *Les grandes passions sont muettes*.

Ninette ne doutait point que l'éducation que Zirphile recevait à sa cour ne dût à la fin triompher de sa stupidité, mais le charme était bien fort. Zirphile devenait tous les jours la plus belle et la plus sotte enfant qu'on pût voir. Elle rêvait au lieu de penser, et n'ouvrait la bouche que pour dire une sottise. Quoique les hommes ne soient pas bien difficiles sur les propos d'une jolie femme et trouvent toujours qu'elle parle comme un ange, ils ne pouvaient la louer que sur sa beauté ; la pauvre enfant, toute honteuse, recevait leurs éloges comme une grâce, et leur répondait qu'ils lui faisaient bien de l'honneur. Ce n'était pourtant pas ce qu'ils voulaient, ils riaient de ses naïvetés, et cherchaient à séduire son innocence.

Il faut un peu connaître le vice pour en redouter les pièges. Zirphile était la candeur même, et la candeur n'est point du tout la sauvegarde de la vertu, mais Ninette veillait attentivement sur sa chère pupille. Elle la mit parmi ses filles d'honneur, où il y avait souvent des places vacantes ; la plupart en sortaient avant que leur temps fût fini ; il n'y avait point à la cour de corps plus difficile à recruter. Zirphile ne fut point gâtée par l'exemple, c'était en vain que les jeunes courtisans s'empressaient auprès d'elle. Un trop grand désir de paraître aimables les empêche souvent de l'être. Zirphile était peu touchée de leur hommage, tous leurs discours lui paraissaient des fadeurs ou des fatuités. D'ailleurs, les hommes sont gouvernés par leurs sens avant de connaître leur cœur ; mais la plupart des femmes ont besoin d'aimer et seraient rarement séduites par les plaisirs si elles n'étaient pas entraînées par l'exemple. Quoi qu'il en soit ; il n'arriva point d'accident à Zirphile, parce que, pour plus de sûreté, Ninette ne la laissait approcher d'aucun homme pour son honneur, ni même de certaines femmes pour son innocence.

Tandis qu'elle vivait ainsi à la cour de Ninette, Acajou s'ennuyait chez Harpagine. Il était déjà dans sa quinzième année ; son esprit ne servait qu'à lui faire connaître qu'il n'était pas fait pour vivre avec tout ce qui l'entourait. Il commençait à ressentir ces désirs naissants de la nature, qui sans avoir d'objet déterminé, en cherchent un partout ; il s'apercevait déjà qu'il avait un cœur dont les sens ne sont que les interprètes. Il éprouvait cette mélancolie qu'on pourrait mettre au rang des plaisirs, quoiqu'elle en fasse désirer de plus vifs ; il soupirait après quelqu'un qui pût dissiper ce trouble, et cherchait cependant la solitude. Il se retirait dans les lieux les plus écartés du parc ; c'était là qu'en cherchant à débrouiller ses idées, il faisait quelquefois une assez sotte figure comme il est aisé de le voir dans l'estampe.

Harpagine qui connaissait le mal d'Acajou, se flattait d'en être bientôt le remède ; mais elle voyait avec chagrin que toutes les caresses qu'elle voulait lui faire, ne servaient qu'à le révolter et lui donner de l'humeur. Les caresses offertes réussissent rarement, et il est encore plus rare qu'on les offre, quand elles méritent d'être recherchées.

Harpagine était au désespoir. Le conseil des fées avait prononcé que le prince ne resterait entre ses mains que jusqu'à l'âge de dix-sept ans, après quoi elle n'aurait aucun pouvoir sur lui.

Le roi des Acajous et celui de Minutie attendaient avec impatience cet heureux instant, pour unir leurs états par le mariage de leurs enfants.

Le génie n'eut pas plutôt appris ce projet, qu'il jura que cela ne se passerait pas ainsi. Il fit faire un équipage superbe, et se rendit à la cour de Ninette ; il y fut reçu avec cette espèce de politesse qu'on a pour tous les grands, et qui n'oblige point à l'estime.

Pour ne point perdre de temps en compliments superflus, il déclara d'abord à Zirphile les sentiments, c'est-à-dire les désirs qu'elle lui inspirait. La petite princesse qui n'avait point appris à dissimuler, ne le fit point languir, et lui déclara naïvement toute la répugnance qu'elle sentait pour lui : il en fut très étonné ; mais, au lieu de se rebuter, il entreprit de toucher le cœur, afin d'obtenir la main. Il se tourmentait donc à chercher tous les moyens de plaire : malheureusement, plus on les cherche, moins on les trouve. Il voulut imiter les agréables de la cour ; mais tout ce qui ne les rendait que ridicules, le faisait paraître plus maussade. Il y a des ridicules qui ne vont pas à toutes sortes de figures, il y en a même de compatibles avec les grâces, et Podagrambo ne brillait pas par ceux-là ; plus il voulait faire le fat, plus il prouvait qu'il n'était qu'un sot. Enfin, car je n'aime pas les histoires allongées, après avoir fort ennuyé la cour par ses sottises, et encore plus fatigué Zirphile par ses fadeurs, il n'était pas plus avancé que le premier jour ; on le trouvait le plus plat génie qu'on eût encore vu : c'était un discours qu'on répétait depuis les appartements jusqu'au grand commun.

Podagrambo soupçonna qu'il était la fable de la cour ; ce n'était pas par pénétration ; mais un tic assez ordinaire aux sots est de penser fort avantageusement d'eux-mêmes, et de croire que les autres en parlent mal. Dans son dépit, il retourna chez lui pour méditer quelque vengeance d'éclat, et pour concerter avec Harpagine les moyens d'enlever la princesse. Ninette ayant prévu les entreprises qu'on pouvait former contre sa chère Zirphile, lui avait donné une écharpe, dont le charme était tel que celle qui la portait ne devait craindre aucune violence.

Cependant l'innocent Acajou ne pouvait sortir de la mélancolie qui le consumait, et Zirphile était

travaillée du même mal. Ils se promenaient souvent seuls, et lorsque le hasard les conduisait chacun de leur côté auprès de la palissade qui séparait les jardins de Ninette et d'Harpagine (car j'ai dit, ou j'ai dû dire qu'elles étaient voisines) ils se sentaient attirés par une force inconnue, ils se trouvaient arrêtés par un charme secret, chacun réfléchissait en particulier sur le plaisir qu'il goûtait dans ce lieu, le plus négligé du parc : ils y revenaient tous les jours ; la nuit avait peine à les en arracher.

Un jour que le prince était plongé dans ses réflexions auprès de cette palissade, il laissa échapper un soupir : la jeune princesse qui était de l'autre côté dans le même état, l'entendit ; elle en fut émue ; elle recueille toute son attention, elle écoute. Acajou soupire encore. Zirphile qui n'avait jamais rien compris à ce qu'on lui avait dit, entendit ce soupir avec une pénétration admirable ; elle répondit aussitôt par un pareil soupir.

Ces deux amants, car ils le furent dans ce moment, s'entendirent réciproquement. La langue du cœur est universelle ; il ne faut que de la sensibilité pour l'entendre, et pour la parler. L'amour porta dans l'instant un trait de flamme dans leurs cœurs, et un rayon de lumière dans leur esprit. Les jeunes amants, après s'être entendus, cherchent à se voir pour s'entendre mieux. La curiosité est le fruit des premières connaissances. Ils avancent ; ils se cherchent ; ils écartent les branches ; ils se voient. Dieux ! Quels transports ! Il faut leur âge, la vivacité de leurs désirs, le tumulte de leurs idées, le feu qui anime leurs sens, peut-être même leur ignorance, pour comprendre leur situation. Ils restent quelque temps immobiles ; ils sont saisis d'un tremblement que la nouveauté du plaisir porte dans des sens neufs. Ils se touchent ; ils gardent le silence ; ils laissent cependant échapper quelques mots mal articulés. Bientôt ils se parlent avec vivacité ; ils se font ensemble mille questions, ils n'y répondent rien de juste, cependant ils sont satisfaits de ce qu'ils se disent, et se trouvent éclaircis sur leurs doutes ; ils comprennent du moins qu'ils se désiraient sans se connaître, qu'ils ont trouvé ce qu'ils cherchaient, et qu'ils se suffisent. Acajou qui n'avait jamais vu qu'Harpagine, se trouve transporté dans un monde nouveau, et Zirphile qui n'avait pas fait la moindre attention aux hommes de la cour, crut voir un nouvel être. Acajou baisa la main de Zirphile. La pauvre enfant qui ne croyait pas accorder une faveur, encore moins faire une faute, le laissa faire. Acajou, qui avait de trop bonnes intentions pour s'imaginer que les caresses pussent offenser personne, redoublait les siennes, et Zirphile les lui rendait naïvement ; n'ayant pas la moindre idée du vice, elle ne pouvait pas avoir de pudeur. Ils s'assirent sur l'herbe ; c'est là qu'ils s'embrassent. Ils se serrent étroitement. Zirphile se livre à tous les transports de son amant, elle le reçoit dans ses bras. Acajou porte la main sur la gorge naissante de sa chère Zirphile ; il appuie sa bouche sur la sienne, leurs âmes volent sur leurs lèvres ; elles se confondent ; elles sont plongées dans une ivresse divine ; elles nagent dans les plaisirs, et sont emportées par un torrent de délices ; leurs désirs s'enflammaient, et ils ne comprenaient pas qu'ils pussent être aussi heureux, et désirer encore. Ils jouissaient de toutes les beautés qu'ils voyaient ; ils ne s'imaginaient pas qu'il y en eût de cachées d'où dépendait la dernière période du bonheur. Il me semble cependant qu'ils n'ont pas mal profité d'une première leçon.

Ces aimables enfants étaient si enivrés de leur félicité, qu'ils oubliaient toute la nature, et ne songeaient point à se séparer. Mais comme ils tardaient plus longtemps à revenir de la promenade qu'ils n'avaient coutume, Harpagine et Ninette allèrent pour les chercher, et les appelaient chacune de leur côté. Nos amants furent effrayés de leurs voix, et se séparèrent à regret ; ils craignaient qu'on ne troublât leur union, si on venait à la soupçonner. L'amour est confiant dans ses désirs et timide dans ses plaisirs.

L'image de Zirphile qui était gravée au fond du cœur d'Acajou, lui fit voir Harpagine plus horrible que jamais. Pour Zirphile, quoiqu'elle fût obligée de suspendre le plaisir de voir Acajou, celui qu'elle venait de goûter donnait un nouvel éclat à sa beauté, et répandait un air de satisfaction sur toute sa personne. Le plaisir embellit, et l'amour éclaire. Rien n'égale la surprise que l'esprit de Zirphile causa à toute la cour ; il y avait ce soir-là même grand appartement chez Ninette, on voulut faire quelqu'une de ces mauvaises plaisanteries, si familières aux gens médiocres, qui croient avoir quelque supériorité sur d'autres un peu plus sots ; la pauvre Zirphile en était souvent l'objet : elle y répondit dès ce soir-là avec tant de justesse, de finesse et si peu d'aigreur que les mauvaises plaisantes, (car c'était sûrement des femmes) furent étonnées de la sagesse de ses réponses, et humiliées des égards mêmes qu'elle y apportait ; les hommes étaient charmés et applaudissaient ; Ninette en pleurait de joie et les femmes en rougissaient de dépit. Elles avaient jusque là bien de la peine à pardonner la beauté de Zirphile en faveur de sa sottise ; mais il n'y avait plus moyen d'y tenir ; elle n'avait plus d'autre ressource que d'être méchante. Cette dernière qualité en se faisant haïr, se fait souvent respecter ; la petite princesse était trop bien née pour se servir de ce vilain moyen-là.

Cependant nos deux jeunes amants s'étaient trop bien trouvés de la première leçon de l'amour, pour ne pas retourner à son école. Quel bonheur de s'instruire par les plaisirs !

Les amants comme les voleurs prennent d'abord des précautions superflues ; ils les négligent par degrés ; ils oublient les nécessaires, et sont pris : voilà précisément ce qui arriva à nos petits imprudents, et ce fut le génie qui les surprit. Les sots ne vivent que des fautes des gens d'esprit. Il aperçut un soir ces jeunes amants qui se retiraient, il en fut outré de rage ; mais comme il avait pour maxime de ne jamais rien faire sans demander conseil, quoiqu'il n'en fît ensuite qu'à sa tête, il résolut de consulter Harpagine. La méchante fée en apprenant cette nouvelle, conçut le plus violent dépit : le génie lui dit, qu'il n'y avait point d'autre moyen de se venger que d'enlever la princesse.

Quoique la fée fût aussi furieuse que lui, elle aimait encore mieux écarter sa rivale que de la voir dans le même lieu que son amant ; elle cacha donc son inquiétude, et dit au génie, qu'il fallait qu'il se chargeât de cette entreprise, se flattant qu'il n'aurait jamais l'esprit d'y réussir.

Dès le matin Podagrambo se cacha derrière un arbre, auprès de la palissade, où nos amants

venaient se chercher. Les maîtres d'Acajou eurent ordre de prolonger leurs leçons, afin qu'il ne pût se trouver au rendez-vous avant la princesse.

Acajou, d'un caractère si doux, marqua de l'humeur pour la première fois, l'égalité ne subsiste point avec la passion. Tandis qu'il s'impatientait, la tendre Zirphile vint à la palissade : elle fut inquiète de n'y pas trouver son amant, qui avait coutume de la prévenir. Elle regarde de toutes parts, elle ose enfin entrer dans le parc d'Harpagine, et passe auprès du génie. A son aspect la frayeur la saisit, elle voulut fuir ; mais ce fut avec si peu de précautions, que son écharpe resta attachée à une branche. Le génie la saisit à l'instant par sa robe : Ah ! ah ! dit-il, belle innocente, vous venez donc ici chercher un marmouset, et c'est pour lui que vous me méprisez ? La pauvre Zirphile se voyant trahie par sa frayeur même, qui lui avait fait perdre son écharpe, eut recours à la dissimulation. Avant que d'avoir aimé elle n'eût pas été si habile. Une première aventure qui inspire la fatuité à un jeune homme, rend la fausseté nécessaire aux femmes ; on a obligé un sexe à rougir de ce qui fait la gloire de l'autre.

Quoique Zirphile fût la candeur même, elle entreprit de tromper le génie. Je suis étonnée, dit-elle, que vous imputiez à l'amour un pur effet de ma curiosité, c'est elle qui m'a fait entrer dans ce lieu ; je ne suis pas moins surprise que vous vous serviez de la violence, vous, qui pouvez tout attendre de votre naissance, et plus encore de votre amour.

Le génie se radoucit un peu à ce discours flatteur ; mais quoique la princesse lui conseillât d'espérer tout de son mérite et qu'il en fût très persuadé, il ne voulait point la laisser échapper. Si votre cœur, reprit-il, est si sensible pour moi, vous ne devez pas faire de difficultés de venir dans mon palais. Tous ces petits soins d'amants vulgaires sont des formalités frivoles qui ne font que retarder le plaisir sans le rendre plus vif. Eh bien, répliqua Zirphile, je suis prête à vous suivre ; et pour vous prouver ma sincérité, rendez-moi mon écharpe, afin qu'il ne reste ici aucun témoin de mon évasion et de votre violence. Le génie pensa se pâmer de plaisir et d'admiration pour la présence d'esprit de Zirphile.

Oh ! pour le coup, s'écria-t-il, il faut avouer que l'amour donne bien de l'esprit aux femmes ; car pour moi je n'aurais jamais imaginé celui-là, et je m'en allais comme un sot. Il détache aussitôt l'écharpe et la remet à la princesse, en lui baisant la main ; mais elle, n'ayant plus rien craindre, le repoussa avec mépris. Retire-toi, perfide, lui dit-elle, ou crains le courroux des fées, cette écharpe est pour moi le gage de leur protection ; en achevant ces mots, elle s'éloigna, et laissa le génie confondu et arrêté par une force à laquelle il sentait que son pouvoir était forcé de céder. Il ne tint qu'à lui d'admirer encore plus qu'il n'avait fait la présence d'esprit de Zirphile. Cette réflexion ne fut pas sans doute celle qui l'occupa le plus. Après être resté quelque temps immobile, il revint confus et désespéré trouver Harpagine, et lui raconta par quel charme son pouvoir avait été inutile.

Si la fée apprit avec dépit la vertu de l'écharpe enchantée, elle en fut un peu consolée par le mauvais succès de l'entreprise du génie ; elle lui cacha cependant le différent intérêt qu'elle y prenait, et comme ces consolateurs ne sont jamais plus éloquents que lorsqu'ils ne sont pas affligés eux-mêmes, elle le calma, en lui promettant de détruire l'enchantement de l'écharpe et de le rendre maître de la princesse.

La fée ignorait le malheur qui la menaçait elle-même. Tandis qu'elle délibérait avec le génie sur les moyens de rétablir leur puissance, Acajou courut à la palissade ; après avoir quelque temps attendu Zirphile, l'impatience l'avait fait entrer dans le parc de Ninette, et partagé entre la crainte et le désir, il était insensiblement parvenu jusqu'au palais.

La nouvelle de son arrivée s'y répandit bientôt. Ninette vint au-devant de lui, suivie de toute sa cour. Acajou s'avança respectueusement vers la petite fée et baisa le bas de sa robe ; aussitôt que Zirphile et lui s'aperçurent, ils coururent l'un à l'autre, et la présence de toute la cour ne les empêcha pas de se donner mutuellement les témoignages les plus vifs du plaisir qu'ils avaient de se revoir. Zirphile raconta naïvement le danger qu'elle avait couru ; le prince lui en était devenu plus cher. Plus les femmes ont hasardé, plus elles sont prêtes à sacrifier encore. Ninette naturellement indulgente, ne s'attacha point à examiner ce qu'il pouvait y avoir d'irrégulier dans la conduite de nos jeunes amants, il suffisait que la fortune eût tout fait pour le mieux.

Harpagine ayant appris la fuite d'Acajou, entra dans la plus horrible colère, et vint le redemander ; mais heureusement pour lui, il avait atteint ce jour-là même sa dix-septième année, et le décret des fées l'affranchissait alors du pouvoir d'Harpagine. Elle en conçut tant de rage, qu'elle en perdit son amour, qui n'était qu'un sentiment étranger dans son cœur, et ne méditant plus que des projets de vengeance, elle partit pour inviter la fée Envieuse à se liguer avec elle.

Les fêtes que l'arrivée d'Acajou firent naître, ne permettaient pas de s'occuper du ressentiment d'Harpagine.

Ceux qui avaient entrepris de plaire à Zirphile, perdirent toutes leurs prétentions en voyant Acajou. Les femmes ne se lassaient point d'admirer sa beauté, et toutes devinrent en secret rivales de son amante. Acajou était si rempli de son amour, qu'il n'apercevait seulement pas les agaceries dont il était l'objet ; on lui en fit de toutes les espèces ; mais lorsqu'il fut bien avéré que les cœurs de ces amants étaient fermés à tout autre sentiment qu'à leur amour, il fut généralement décidé que Zirphile était encore plus sotte depuis qu'elle aimait, qu'elle ne l'était auparavant, que la beauté d'Acajou était sans physionomie, qu'elle n'avait rien de piquant, que leur amour était aussi ridicule que nouveau à la cour, et que cela ne faisait pas une société.

On ne fit donc plus aucune attention sur lui, et ils étaient si occupés l'un de l'autre, qu'ils n'aperçurent pas plus la désertion que l'empressement de la cour.

Ninette qui veillait auparavant avec tant de soin sur la conduite de Zirphile contre la témérité des étourdis de la cour, la laissait sans inquiétude avec Acajou ; elle croyait que le véritable amour est toujours respectueux, et que plus un amant désire, moins il ose entreprendre. La maxime est délicate,

mais je ne la crois pas absolument sûre ; cependant elle ne fut pas démentie par l'événement.

On n'attendait que les rois d'Acajou et de Minutie pour célébrer le mariage ; leurs ambassadeurs étaient arrivés et avaient déjà tout réglé : les livrées étaient faites ; on finissait les habits, il n'y manquait pas un pompon ; on avait fait venir les dernières modes de Paris, de chez du Chapt, sur des poupées de la grandeur de Ninette. En un mot, tout l'essentiel était prêt ; il ne restait plus à régler que ce qui regardait les lois des deux états, et l'intérêt des peuples.

Les deux amants ne se quittaient pas un instant ; souvent, pour se dérober au tumulte de la cour, ils passaient les jours dans les bosquets les plus écartés du parc. Ils se faisaient mille caresses innocentes ; ils se disaient continuellement ces riens si intéressants pour les amants, qu'on répète sans cesse, qu'on n'épuise jamais, et qui sont toujours nouveaux.

Un jour qu'ils goûtaient un de ces entretiens délicieux, la chaleur obligea Zirphile d'ôter son écharpe pour causer avec plus de liberté. Harpagine, qui s'était rendue invisible pour les surprendre, parut à leurs yeux escortée par la Fée Envieuse, montée sur un char tiré par des serpents et entourée d'une quantité prodigieuse de cœurs percés de traits ; c'étaient autant de talismans qui représentaient tous ceux qui rendent hommage à l'envie ; et les flèches étaient l'image du mérite qui fait le plus cruel supplice des envieux.

Harpagine frappa à l'instant Zirphile de sa baguette et l'enleva au milieu d'un nuage, dans le moment même que le tendre Acajou lui baisait la main. Ce malheureux prince se prosterna devant la fée, en la suppliant de ne faire tomber que sur lui le poids de sa vengeance, et d'épargner la princesse ; il lui dit en vain tout ce que l'amour et la générosité inspirent. La cruelle fée le regardant avec des yeux enflammés : Oses-tu, lui dit-elle, espérer aucune grâce ? Mon cœur n'est plus sensible qu'à la haine. Je veux, d'un seul coup exercer ma vengeance sur toi et sur ton amante, elle va passer dans les bras de ton rival qui lui est odieux.

A ces mots, le char vole et laisse Acajou plongé dans le dernier désespoir.

Ninette fut bientôt instruite par son art de féerie de ce qui venait d'arriver ; mais le malheur de ces gens qui savent tout, est de ne jamais rien prévoir. Elle vint chercher le prince ; il était auprès de l'écharpe de Zirphile qu'il arrosait de ses larmes. La petite fée n'oublia rien pour le consoler, sans pouvoir seulement se faire entendre. Après l'avoir ramené au château presque malgré lui, elle s'enferma dans son cabinet, mit ses lunettes, et consulta ses grands livres pour savoir quel parti elle prendrait dans ce malheur.

Toute la cour en raisonnait diversement ; les uns en parlaient beaucoup, et ne s'en souciaient guère ; d'autres, sans en rien dire, y prenaient plus d'intérêt. Les femmes surtout n'étaient pas fort touchées de la perte de Zirphile ; plusieurs se flattaient de consoler le prince.

On était encore dans ce premier mouvement d'une nouvelle de cour, où tout le monde parle sans rien savoir, où l'on raconte des circonstances en attendant qu'on sache le fait, et où l'on dit tant de paroles et si peu de choses, lorsqu'on vit paraître Ninette qui annonça avec vivacité que Zirphile pouvait être aisément tirée d'entre les mains du génie ; chacun s'empressait pour savoir quel moyen on emploierait. Ecoutez-moi, dit la petite fée : je viens de découvrir que toute la puissance de Podagrambo et d'Harpagine dépend d'un vase enchanté qu'ils possèdent dans un lieu secret de leur château ; il est gardé par un génie subalterne qui est transformé en chat des Chartreux. Il n'est pas nécessaire d'employer de grands efforts pour s'en emparer, il suffit que l'aventure soit entreprise par une femme d'un honneur irréprochable, chose qui ne doit pas être rare. Elle ne trouvera point d'obstacle ; mais toute autre personne tenterait inutilement l'aventure.

Voilà, dit un petit-maître, une heureuse découverte ! Je suis très pressé d'en faire compliment au prince Acajou. Taisez-vous, reprit la fée, vous êtes un étourdi ; s'il fallait un homme raisonnable, on ne vous choisirait pas. Je ne plaisante pas, répliqua le jeune fat d'un air ironique ; je crains réellement ici une émulation de vertu qui peut dégénérer en guerre civile. J'ai prévu cet inconvénient, repartit Ninette ; ainsi je veux que l'on tire au sort, pour prévenir tout sujet de jalousie. Les billets furent faits à l'instant, et le nom qui parut fut celui d'Amine.

C'était une jeune personne : plus jolie que belle, vive, étourdie, coquette à l'excès, libre dans le propos, peu circonspecte dans sa conduite, faisant continuellement des agaceries, et toujours assiégée d'une troupe de jeunes gens.

Amine s'entendit proclamer, sans paraître ni plus fière, ni plus embarrassée qu'à l'ordinaire ;

mais il s'éleva un certain murmure qui ne paraissait pas un applaudissement bien décidé. Ninette en tira un mauvais augure pour le succès ; c'est pourquoi elle nomma Zobéide pour accompagner Amine, parce que deux vertus valent mieux qu'une. Zobéide était un peu plus âgée et plus belle que sa compagne ; c'était d'ailleurs un prodige de vertu et de médisance : on prétendait même qu'elle n'était d'une sagesse si sévère, que pour s'attirer le droit de déchirer impitoyablement toutes les autres femmes. Beau privilège de la vertu !

Quoi qu'il en soit, elles partirent toutes deux, et se rendirent, suivant leurs instructions, à un petit bâtiment séparé du palais d'Harpagine. Amine, toujours vive, marchait en avant. Elles ne trouvèrent aucun obstacle ; elles passèrent plusieurs portes qui s'ouvrirent d'elles-mêmes ; elles parvinrent enfin à une chambre où elles aperçurent sur une table de marbre un vase dont la forme n'était pas recommandable, il ressemblait même assez à un pot de chambre. Je suis fâché de n'avoir pas un terme ou une image plus noble. Elles n'auraient jamais imaginé que ce fût là le trésor qu'elles cherchaient sans que Ninette le leur eût désigné.

Si la forme du vase était vile, la vertu en était admirable ; il rendait des oracles, et raisonnait sur tout comme un philosophe : c'était alors un très grand éloge d'y être comparé pour le raisonnement.

Amine et Zobéide trouvèrent aussi le chat dont on leur avait parlé ; elles voulurent le caresser, mais il égratigna Zobéide, au lieu qu'il se laissa flatter par Amine ; il fit patte de velours, haussa le dos, et enfla sa queue de la façon la plus galante.

Amine, charmée d'un si heureux début, prit le vase, et l'enlevait déjà, lorsque Zobéide voulut y porter la main. Il en sortit tout à coup une épaisse fumée qui remplit la chambre. Un bruit affreux se fit entendre. La frayeur saisit Amine ; elle laissa retomber le vase sur la table où elle venait de le prendre et le génie parut à l'instant avec Harpagine. Ils se saisirent d'Amine et de Zobéide, et ne leur firent grâce de la vie, que pour les enfermer dans une tour ténébreuse.

Ninette fut bientôt instruite, suivant la coutume, du mauvais succès de l'entreprise ; elle en chercha la raison, et apprit à toute la cour qu'Amine était aussi sage que coquette, au lieu que Zobéide goûtait les plaisirs d'un commerce secret avec un amant obscur, dans le temps qu'elle fatiguait tout le monde par l'étalage de sa fausse vertu.

Ninette déclara aussi que le vase s'étant fêlé, lorsqu'Amine l'avait laissé retomber sur la table, la puissance du génie, sans être totalement détruite, était du moins fort affaiblie par cet accident.

Acajou n'écoutant plus alors que son désespoir, fit vœu, pour se venger du pot enchanté du génie, de casser tous les pots de chambre qu'il rencontrerait, et dès ce moment exécuta son serment sur ceux qu'il trouva dans le palais ; c'était un désordre effroyable. Le scandale fut si grand, que Ninette voulut lui faire entendre raison sur tant de vases innocents, mais elle ne put jamais le calmer. Dans cet embarras elle eut recours au conseil des fées. L'affaire parut très importante, et il fut arrêté que le pouvoir du génie étant affaibli, il ne pourrait plus garder toute la personne de Zirphile, que sans qu'elle perdît la vie, sa tête se séparerait de son corps, et serait transportée dans le pays des Idées, jusqu'à ce qu'elle fût réunie au corps par celui qui pourrait parvenir dans ce pays, et la désenchanter. Ninette représenta qu'il était encore plus à propos de laisser la tête que le corps de la princesse au pouvoir du génie, de peur qu'il ne vînt à s'en faire aimer pendant qu'elle aurait perdu la tête, et l'épouser tout de suite. Les fées firent attention à cette difficulté et ordonnèrent que le corps serait toujours enveloppé d'une flamme vive, qui ne laisserait approcher que celui qui serait maître de la tête. L'arrêt des fées fut aussitôt exécuté que prononcé. Le génie voulut aller tenter l'aventure, sans pouvoir jamais approcher du pays des Idées. Les fols y parviennent aisément, mais les sots n'y sauraient aborder. Pour Acajou, qui était fol d'amour, il n'eut pas de peine à le trouver.

Le pays des Idées est très singulier, et la forme de son gouvernement ne ressemble à aucun autre. Il n'y a point de sujets, chacun y est roi, et règne souverainement sur tout l'état, sans rien usurper sur les autres, dont la puissance n'est pas moins absolue. Parmi tant de rois on ne connaît point de jalousie, ils portent seulement leur couronne d'une façon différente. Leur ambition est de l'offrir à tout le monde, et de vouloir la partager : c'est ainsi qu'ils font des conquêtes.

Les limites de tant de royaumes renfermés dans un seul, ne sont pas fixées, chacun les étend ou les resserre suivant son caprice.

Acajou reconnut qu'il était dans le royaume des Idées à la multitude de têtes qu'il rencontra sur son passage : elles s'empressaient au-devant de lui, et parlaient à la fois toutes sortes de langues et sur

différents tons. Il cherchait la tête de Zirphile, et ne la voyait point. Tantôt il rencontrait des têtes qui après avoir résisté au malheur, s'étaient perdues dans la prospérité ; les unes par la fortune, d'autres par les dignités. Il trouvait des têtes de prodigues, d'une multitude d'avares, quantité de perdues à la guerre ; des têtes d'auteurs perdues par une réussite, d'autres par des chutes, plusieurs par des apparences de succès, et une foule par l'envie et le chagrin du succès de leurs rivaux. Acajou trouva une infinité de têtes perdues *incognito* qu'il n'a jamais voulu nommer, et que je ne veux pas deviner. Que de têtes de philosophes, de mystiques, d'orateurs, de chimistes, etc. Combien en vit-il de perdues par le caprice, par les airs, par l'indiscrétion, et tour à tour par le libertinage et la superstition. Les unes excitaient sa compassion, il écartait les autres comme importunes, et foulait aux pieds toutes celles que l'envie avait perdues.

Acajou, pour trouver Zirphile, cherchait les têtes qu'on dit que l'amour fait perdre ; mais quand il les examinait de près, il ne trouvait que des têtes de coquettes, ou de jaloux sans amour. Le prince fatigué de tant de recherches, désespéré de leur peu de succès, étourdi de toutes les sottises qu'il entendait, se retira dans un bosquet, pour se dérober à cette multitude de têtes folles dont il était assailli. Il s'étendit sur le gazon et se mit à réfléchir sur son malheur. Comme il portait la vue autour de lui, il aperçut quelques arbres chargés de fruits. Il était dans un tel épuisement, qu'il eut envie de manger une poire ; il la cueillit, mais à peine y avait-il mis le couteau qu'il en sortit une tête, qu'il reconnut pour celle de sa chère Zirphile. Rien ne put exprimer l'étonnement et le plaisir du prince. Il se levait avec empressement pour embrasser une tête si chère, lorsqu'elle se retira à quelques pas et se plaça sur un buisson de roses pour se faire une espèce de corps. Arrêtez, prince, lui dit-elle, restez tranquille et m'écoutez : tous les efforts que vous feriez pour me saisir seraient inutiles ; je me jetterais moi-même dans vos bras, si le destin le permettait ; mais comme je suis enchantée, je ne puis être prise que par des mains qui le soient aussi. Hélas ! je soupire après mon corps, et j'ignore s'il est encore digne de moi : il est resté entre les mains du génie, je n'ose y penser sans frémir, la tête m'en tourne. Rassurez-vous, répondit Acajou, les fées touchées de nos malheurs ont pris votre corps sous leur protection. Que vous me tranquillisez ! reprit Zirphile ; en tout cas, cher prince, vous savez que toute ma tendresse est pour vous et vous seriez trop généreux pour me reprocher un malheur dont je suis innocente. C'est fort bien dit, répliqua le délicat Acajou, mais, enseignez-moi promptement où je pourrai trouver les mains enchantées dont vous me parlez. Vous les trouverez, reprit Zirphile, dans le parc où elles voltigent, ce sont celles de la fée Nonchalante, qui en a été privée parce qu'elle ne savait qu'en faire ; je vais vous en raconter l'histoire. Il y avait autrefois... Oh, parbleu, interrompit impatiemment Acajou, je n'ai pas le temps d'entendre des contes ; pourvu que j'aie les mains, je m'embarrasse peu de leur histoire : je vais les chercher de ce pas. Allez, dit la princesse et délivrez-moi du cruel enchantement où je languis. Vous avez pu remarquer que toutes les têtes perdues qui sont dans ce séjour ne cherchent qu'à se

montrer, sans rougir de leur état, il n'y a que moi qui suis obligée de me cacher dans des fruits : comme je suis la seule tête perdue par l'amour, je suis un objet de mépris pour les autres. La tête continuait de parler, que le prince était déjà parti. Il avait reconnu que la princesse, depuis qu'elle n'était plus qu'une tête, aimait un peu à parler. Il n'eut pas fait cent pas dans le parc, qu'il rencontra les mains enchantées qui voltigeaient en l'air. Il voulut s'en approcher pour les prendre ; mais aussitôt qu'il voulait les toucher, il en recevait des croquignoles qui lui parurent d'abord fort insolentes ; cependant, comme son bonheur dépendait de les saisir, il employait toute son adresse pour attraper ces fatales mains. Quand il croyait les tenir, elles lui échappaient en lui donnant un soufflet, ou jetant son chapeau par terre. Plus il avait d'ardeur à les poursuivre, plus elles fuyaient devant lui. Cette poursuite dura si longtemps que le pauvre Acajou était tout hors d'haleine. Il s'arrêta un moment, et se trouvant auprès d'une treille, il prit une grappe de raisin pour se rafraîchir ; mais à peine en eut-il goûté, qu'il sentit en lui une révolution extraordinaire ; son esprit augmentait de vivacité, et son cœur devenait plus tranquille. Son imagination s'enflammant de plus en plus, tous les objets s'y peignaient avec feu, passaient avec rapidité, et s'effaçaient les uns les autres ; de façon que n'ayant pas le temps de les comparer, il était absolument hors d'état de les juger : en un mot, il devint fol. Les fruits de ce jardin, par un rapport intime avec les têtes qui l'habitaient, avaient la vertu de faire perdre la raison, et malheureusement ils ne faisaient rien sur l'esprit. Acajou se trouva donc à l'instant le plus spirituel et le plus fou des princes.

Le premier effet d'un changement si subit fut le refroidissement du cœur. Acajou perdit tout son amour. Le véritable ne subsiste qu'avec la raison. Au lieu de cet empressement tendre et respectueux qu'il avait auparavant pour Zirphile, il en conservait à peine un léger souvenir. Il n'éprouvait pas même de compassion pour le malheur de cette princesse. Avoir perdu la tête, lui paraissait une chose fort plaisante. C'est assez souvent sous ce point de vue que l'esprit sans jugement, envisage le malheur d'autrui. La fatuité succéda à la modestie dans l'esprit d'Acajou et remplaça très amplement par les prétentions le mérite réel qu'il avait perdu : Il faut, s'écria-t-il, que je sois bien fou de courir après une tête, tandis que je pouvais la tourner à toutes les femmes de la cour de Minutie : allons, il faut remplir mon destin, c'est d'être généralement aimé et admiré, sans engager ma liberté. Il dit et part.

Ninette voyant arriver Acajou, courut au-devant de lui, et s'informa du sort de Zirphile. Le prince lui dit, que ce n'était qu'une tête qu'on ne pourrait fixer, que tous ses soins avaient été inutiles, qu'il avait pris son parti, et que la constance sans bonheur était la vertu d'un sot. Il débita quantité d'aussi belles maximes, qui firent bientôt connaître à Ninette que le caractère du prince était fort changé, mais qu'il avait infiniment d'esprit. Elle fut d'abord fâchée qu'il n'eût pas ramené la princesse ; cependant comme l'objet présent l'emporte toujours sur l'absent chez les esprits vifs, elle se consola de la perte de Zirphile par le plaisir de revoir Acajou.

Toute la cour s'empressait auprès de lui, plus par curiosité que par intérêt. On s'attendait à ne trouver qu'un prince sage et modeste, à qui l'on donnerait, comme à l'ordinaire, tous les ridicules imaginables ; mais on en conçut bientôt une idée plus avantageuse. La conversation devint vive et brillante. Le lecteur attentif se rappelle sans doute que les lunettes de la fée servaient à raccourcir la vue ; elle les avait ôtées pour voir le prince arriver de plus loin, et comme elle ne les avait pas reprises, elle faisait des raisonnements à perte de vue. Acajou ne déparlait pas, il dit en un moment mille extravagances qui ravirent d'admiration toute la cour, et rendirent toutes les femmes folles de lui. Elles l'écoutaient avidement, et s'écriaient : *Ah ! qu'il a d'esprit !* On lui donnait enfin tant d'éloges, qu'il était obligé d'en rougir, même par fatuité. Il semblait que le plus grand bonheur qui pût arriver à un prince fût de perdre la raison, tous ceux qui le rencontraient lui en faisaient compliment, et les autres le firent écrire.

Acajou n'ayant plus d'amour, devint l'amant déclaré de toutes les femmes, la fureur des bonnes fortunes s'unit facilement à la folie. Il commença par une femme assez jolie, d'un esprit libre, dégagée de préjugés, et qui faisait la réputation de tous les jeunes gens depuis qu'elle avait perdu la sienne.

Comme il n'était pas nécessaire de l'avoir pour la mépriser, et qu'il suffisait de l'avoir eue pour s'en dégoûter, il la quitta deux jours après. Il en prit une autre d'une figure charmante, d'un cœur tendre, d'un caractère doux, et à qui il ne manquait, pour mériter d'être aimée, que de recevoir moins d'amants.

Acajou dédaigna de la fixer, et lui donna bientôt plusieurs rivales. Il n'était occupé que d'en étendre la liste, toutes s'empressaient de s'y faire inscrire et ne le trouvaient aimable que depuis qu'il était incapable d'aimer.

Après avoir eu un assez grand nombre de femmes célèbres pour se mettre en crédit, il résolut d'en séduire quelques-unes, uniquement pour leur faire perdre la réputation de vertu qu'elles avaient. S'il apprenait qu'il y eût une femme tendrement aimée d'un époux chéri, elle devenait aussitôt l'objet de ses soins, et tel était le travers qu'inspire le titre d'homme à la mode, qu'il réussissait par tout ce qui aurait dû le faire échouer.

Les affaires que le prince avait à la cour ne l'empêchaient pas de descendre dans la bourgeoisie, où ses succès étaient d'autant plus rapides, que celles qu'il soumettait croyaient s'associer aux femmes du monde, parce qu'elles en partageaient les sottises. Les hommes mêmes, au lieu de le haïr, lui portaient envie, et le recherchaient en l'admirant sans l'estimer.

Quoique ceux qui emploient le plus mal leur temps soient ceux qui en ont moins de reste, le prince avait encore bien des moments vides, par la légèreté avec laquelle il traitait ses bonnes fortunes. D'ailleurs le bon air est d'en paraître quelquefois ennuyé. Il chercha donc une nouvelle dissipation dans le bel esprit (c'était alors le travers à la mode). Il est vrai que pour éviter un certain pédantisme que donne souvent l'étude, on avait imaginé le secret d'être savant sans étudier. Chaque femme avait son géomètre ou son bel esprit, comme elles avaient autrefois un épagneul. Acajou, suivant ce plan, donna à corps perdu dans toutes les parties des sciences et de la littérature. Il parlait physique et géométrie. Il faisait des dissertations métaphysiques, des vers, des contes, des comédies et des opéras. Ce prince excitait une admiration générale. On prétendait que les auteurs de profession n'en approchaient pas. On sait qu'il n'y a que les gens d'*une certaine façon* qui aient ce qui s'appelle *le bon ton*, supérieur à tout le génie du monde, et le tout *sans prétention.*

Rien n'était comparable au sort d'Acajou ; on fit même un recueil de ses bons mots dont tout le monde faisait sa lecture favorite, il était intitulé : *le parfait persifleur* ; ouvrage très utile à la cour, et propre à rendre un jeune homme brillant et insupportable.

Acajou se trouva à la fin fatigué de ses propres succès ; il n'avait jamais mis que le plaisir à la place de l'amour ; les airs avaient succédé aux plaisirs : le dégoût fit presque l'effet de la raison, et lui rendit la vie insupportable : un honnête homme serait malheureux d'y être condamné. Sans être plus raisonnable, il devint triste. D'ailleurs, le propre de l'esprit seul est d'exciter d'abord l'admiration, et de fatiguer ensuite ses propres admirateurs. La plupart des femmes qui avaient eu l'ambition de lui plaire commencèrent à rougir de se trouver sur une liste trop nombreuse, et le désavouaient : on l'accusait encore d'être méchant, sous prétexte qu'il faisait des chansons et des tracasseries, qu'il raillait ses meilleurs amis, et qu'il donnait des ridicules à tout le monde. Cependant il n'avait aucune mauvaise intention, il ne voulait que se divertir en amusant les autres : mais on est toujours injuste.

Ninette, ne comprenant pas comment son cher Acajou pouvait cesser d'être à la mode, prit ses lunettes pour en juger sans prévention, et après l'avoir bien examiné, elle reconnut qu'il avait effectivement beaucoup d'esprit, mais qu'il n'en était pas moins fol. Elle l'engagea à lui raconter tout ce qu'il avait fait dans le royaume des Idées. Acajou ne sachant pas où elle en voulait venir, lui fit un récit très circonstancié, parce qu'il aimait beaucoup à parler de lui ; lorsqu'il en fut à la grappe de raisin qu'il avait mangée : Ah, je ne m'étonne plus, s'écria Ninette, si vous avez tant d'esprit ! Eh, pourquoi donc ? reprit Acajou. C'est, répliqua la fée, que vous n'avez pas le sens commun. Belle conclusion ! dit Acajou. Je sais, reprit Ninette, que vous avez trop d'esprit pour être facile à persuader, surtout quand on vous parle raison ; mais apprenez que c'est parce que vous l'avez perdue. Les fruits du pays des Idées ont un poison mortel contre elle ; heureusement nous en avons le remède ; j'ai une treille dont la vertu est de faire perdre l'esprit : elle n'est connue que de moi ; j'en fais quelquefois manger à ceux ou celles de ma cour qui ont l'imagination trop vive, je veux vous en faire goûter. Je vois ici des gens, répondit Acajou, qui doivent assurément en avoir mangé à l'excès ; mais je vous jure que je ne suis point tenté d'en faire usage, voyez d'ailleurs le beau secret pour devenir raisonnable que de perdre l'esprit. Il n'y en a pas de plus sûr, interrompit la fée, et vous êtes plus en état d'en sacrifier que qui que ce soit. Ninette dit là-dessus beaucoup de choses flatteuses au prince. Elle savait que l'esprit se laisse plus séduire par l'amour-propre que persuader par la raison.

Cependant Acajou, malgré toute l'éloquence de Ninette, était assez fou pour ne vouloir pas perdre l'esprit : ce devait être l'ouvrage de l'amour.

Ce jeune prince n'avait jamais goûté de vrais plaisirs, parce que ses désirs avaient toujours été prévenus, ses fantaisies ne tenaient qu'à la nouveauté des objets, et la vivacité les use si vite. Il était tombé dans une langueur d'où le caprice le retirait par intervalles, pour l'y replonger de nouveau. L'amour dont Zirphile lui avait fait sentir les premiers traits se réveilla dès que l'ivresse des sens fut dissipée, et que la vanité ne fut plus nourrie. Il sentit dans son cœur un vide que l'amour seul pouvait remplir. Le malheur de ceux qui ont aimé est de ne rien trouver qui remplace l'amour.

Acajou fit part de sa situation à Ninette, et la pria de lui faire revoir Zirphile, puisqu'aussi bien il perdrait l'esprit s'il en était plus longtemps privé. La fée prit alors sa béquille et conduisit Acajou dans un jardin qu'elle seule connaissait. Ce lieu était garni d'arbres chargés des plus beaux fruits du monde, qui tous avaient une vertu particulière.

Les uns faisaient perdre l'esprit du jeu, si funeste ; les autres, l'esprit de contradiction, si incommode dans la société ; ceux-ci l'esprit de domination, si insupportable ; ceux-là l'esprit des affaires, si utile à ceux qui le possèdent, et si assommant pour les autres ; plusieurs enfin, l'esprit satirique, si amusant et si détesté ; son opposé plus dangereux encore, l'esprit de complaisance et de flatterie. On ne voit point de ces excellents fruits dans nos desserts. C'est bien dommage que ce jardin délicieux ne soit pas ouvert à tous les mauvais esprits, ils en reviendraient plus aimables, sans être plus sots qui ne le sont. J'y enverrais d'abord... Il manque ici un cahier plus considérable que tout le reste de l'ouvrage : si le lecteur le regrette, il peut y suppléer en commençant par lui-même.

Ninette ayant fait approcher Acajou de la treille, dont les raisins faisaient perdre l'esprit de présomption, d'airs, et de fatuité, lui ordonna d'en cueillir une grappe ; puis ayant mis ses lunettes, et lui présentant l'écharpe de Zirphile : Prince, lui dit-elle, prenez cette écharpe ; lorsque vous serez dans le pays des Idées, vous n'aurez qu'à la faire voltiger en l'air, en la tenant par un bout, les mains enchantées que vous avez poursuivies inutilement viendront pour la saisir, et vous les prendrez elles-mêmes : vous vous emparerez ensuite de la tête de la princesse. Lorsque vous aurez besoin de boire ou de manger, vous n'aurez qu'à prendre quelques grains de raisin, ils vous suffiront : vous en donnerez aussi à Zirphile pour calmer les vapeurs qui doivent avoir un peu altéré sa tête ; sans cette précaution, vous la trouveriez si différente d'elle-même, qu'après avoir été déjà inconstant par la folie, vous pourriez bien encore le devenir par raison. Quand vous aurez la tête nous serons bientôt en possession du corps par l'attraction, qui fait dans les femmes que la tête emporte le corps. Il est à propos, avant votre départ, que vous mangiez de ces raisins. Acajou hésita un peu ; mais animé du désir de revoir Zirphile, et croyant peut-être son esprit à toute épreuve, il mit quelques grains dans sa bouche. L'effet en fut subit, il semblait qu'il eut été enveloppé d'un nuage qui venait de se dissiper, et qu'un voile se fût levé devant ses yeux. Les

objets lui parurent tout différents ; il rougit à l'instant, et n'osait plus parler que pour exprimer sa reconnaissance. En rentrant dans le palais, il trouva sur sa table un recueil de ses ouvrages : il voulut le parcourir pour vérifier son état. Il ne pouvait pas alors s'imaginer qu'il eût eu la sottise de les faire : il bâillait en lisant ses romans et ses comédies, et le soir même il siffla un de ses opéras.

Acajou ayant lassé la cour par ses extravagances, et s'y ennuyant par le retour de sa raison, partit dès le lendemain avant le jour et se rendit dans le pays des Idées, aussi promptement guidé par l'amour que s'il l'eût été par la folie. Il trouva les mêmes objets qu'il avait rencontrés la première fois, et suivit exactement les conseils de Ninette. Avec le secours de son écharpe, il se rendit maître des mains enchantées. Il alla tout de suite chercher la tête de Zirphile, et ouvrit une quantité prodigieuse de poires, sans la trouver. De là il passa aux pêches, aux melons, et faisait un dégât épouvantable de fruits, lorsqu'il entendit un grand éclat de rire. Il regarda d'où il partait et aperçut la tête de la princesse, qui au lieu de venir à lui, plaisantait de sa recherche et de son empressement.

Comme l'amour s'affaiblit par l'absence et que la folie se gagne par la contagion, la tête de Zirphile avait beaucoup perdu de la vivacité de sa passion, et commençait à se faire au nouveau pays qu'elle habitait. Acajou en soupira ; mais se rappelant la vertu du raisin merveilleux, dont il avait une grappe, il en jeta quelques grains à la tête de la princesse, qui les avala en badinant. Son aveuglement fut aussitôt dissipé. Elle vola au-devant des mains enchantées, avec lesquelles le prince la reçut.

Rien ne peut exprimer les transports dont il fut saisi. Il laissa aller les mains où elles voulurent, et ne s'occupa plus que de la tête précieuse de sa chère Zirphile. Il l'accablait de baisers qu'elle ne pouvait éviter, elle en était toute rouge de pudeur, quoique dans l'état où elle se trouvait, les caresses de son amant ne pussent pas avoir des suites fort dangereuses. D'ailleurs, il ne faut pas toujours écouter les plaintes de la pudeur ; celle qui naît de l'amour, pardonne aisément des transports qu'elle est obligée de s'interdire.

Acajou enveloppa la tête de la princesse dans son écharpe, et reprit le chemin du palais de Ninette. La nuit l'ayant surpris, il survint un orage si terrible, que le prince fut obligé de chercher un asile. On sent bien que ce n'était pas pour lui. Les amants ne craignent rien ; mais il voulait mettre Zirphile à couvert, outre que dans l'obscurité, il craignait d'aller donner de la tête de la princesse ou de la sienne, contre quelque arbre. Dans cet embarras il aperçut une lumière vers laquelle il dirigea ses pas. Après avoir marché, au hasard de casser la tête la plus chère, c'est-à-dire celle de la princesse, il arriva au pied d'un pavillon qui terminait un jardin, il frappe à la porte. Un moment après, il vit paraître une vieille qui tenait une chandelle à la main et qui lui demanda, en grondant, qui il était, et ce qu'il cherchait. Acajou n'avait garde de se faire connaître dans un état aussi indigne de son rang. Il hésita un instant sur la qualité qu'il devait prendre, et comme il avait la tête pleine du principe de ses malheurs, et de toute la poterie qu'il avait brisée depuis un temps, il répondit, sans trop savoir ce qu'il disait, qu'il était un pauvre garçon qui raccommodait de la faïence cassée, et qu'il demandait retraite pour cette nuit-là. A ces mots, le visage de la vieille se radoucit un peu : Soyez, lui dit-elle, le bienvenu, vous pourrez me rendre un service ; j'ai ici un pot de chambre fêlé que vous me raccommoderez. La vieille alla tout de suite chercher ce précieux meuble, et le mit entre les mains d'Acajou, pour qu'il se mît à l'ouvrage. Le prince aussi honteux de la profession qu'il venait d'adopter que du premier usage qu'on lui en faisait faire, prit le pot de la vieille, puis se rappelant le serment terrible qu'il avait fait de n'épargner aucun pot de chambre, jusqu'à ce qu'il eût désenchanté sa princesse, il fut quelque temps incertain entre la crainte du parjure et celle de violer l'hospitalité : le scrupule enfin l'emporta, et jetant le pot contre la muraille, il le brisa en mille pièces.

Je ne sais si le lecteur est indigné de l'impolitesse d'Acajou, s'il sera étonné de l'événement, ou si par une sagacité singulière il l'a déjà prévu. Quoi qu'il en soit, ceux qui n'ont pas tant de pénétration seront bien aisés d'apprendre que ce pot de chambre était le vase fatal auquel le pouvoir du génie et de la fée était attaché, et dont ils avaient confié la garde à cette vieille sorcière. A peine était-il cassé qu'on entendit un coup de tonnerre et des hurlements affreux. Le château fut détruit, le palais renversé. Le génie et la fée livrés à leur rage impuissante, s'enfuirent dans les déserts, où ils périrent misérablement.

Acajou, sans être ému de tout ce bouleversement, marcha vers le lieu terrible où le corps de la princesse était enchanté. Les flammes qui en défendaient l'abord se divisèrent à son approche, et dans le moment qu'il y présenta la tête, le corps s'avança au-devant et s'y réunit.

La fée Ninette parut à l'instant suivie de toute sa cour ; elle songea d'abord à délivrer les malheureux. Les mains voltigeantes furent désenchantées et rendues à la fée Nonchalante, à condition qu'elle serait laborieuse. Elle se livra donc absolument au travail, et inventa l'art de faire des nœuds.

Amine et Zobéide furent tirées de prison, Amine eut depuis ce temps-là le privilège de tout faire, sans qu'on y trouvât à redire : il y a apparence qu'elle fut assez sensée pour en profiter. Pour Zobéide, elle continua sans doute de vivre comme à son ordinaire, mais elle cessa de médire.

Ninette, après avoir donné ses premiers soins aux malheureux, ne s'occupa plus que du mariage des deux amants ; il fut célébré avec toute la magnificence possible. Ils vécurent heureux, et eurent un grand nombre d'enfants, qui tous furent des prodiges d'esprit, parce qu'ils naquirent avec un penchant extrême à l'amour.

COMTE DE TESSIN

FAUNILLANE
OU
L'INFANTE JAUNE

CONTE

A MADAME
LA COMTESSE DE S*****

MADAME,

Si j'étais Français, auteur et laborieux, cette badinerie ne mériterait pas l'honneur de vous être dédiée ; mais étranger, peu lettré et paresseux, voilà, à ce qui me paraît, les qualités qu'il faut à un homme qui prend la liberté de vous offrir un conte hasardé dans la langue du monde la plus épurée. En effet, quelle marque plus évidente puis-je donner de votre pouvoir et de mon obéissance ? Je sais que mon style est très éloigné de la justesse, de l'ingénuité et du concis qu'exigent les ouvrages de cette nature : je sais que cette lecture ne peut être bonne que pour vous, MADAME, et pour un petit nombre de vos amies, puisqu'il s'agit de secrets, qui ne sont connus qu'à celles qui ont l'honneur de votre confiance. Je sais que ma paresse m'éloigne de tout ce qui me peut peiner le moins du monde : ainsi, quelle apparence y a-t-il que j'aie écrit par aucun autre motif que celui de vous amuser, sans nul égard à moi-même, ni à la censure que je reconnais d'avance mériter, au cas que quelqu'un veuille se donner la peine de me critiquer ?

Tout ce qui pourra, avec le temps, faire le prix de ces feuilles, est la rareté du livre ; car, à moins que le libraire ne m'ait trompé, il n'y en doit avoir que deux exemplaires au monde. Je crois même pouvoir d'autant mieux me reposer sur sa fidélité, que cette brochure ne pourrait jamais par son débit, le rembourser de ses frais.

Une plus longue dédicace ne conviendrait point à la taille de ce volume ; mais aussi, sans cette dédicace, mon conte viendrait à propos de rien, puisque c'est elle qui fait connaître qu'il n'a été composé et imprimé que par vos ordres et pour votre amusement.

Je vous supplie d'agréer cette légère marque de l'attachement respectueux avec lequel je suis,

MADAME,

Votre très humble et très obéissant Serviteur,

Le GÉANT BORGNE

Le prince de PERCEBOURSE ayant, dans sa jeunesse, perdu son père et sa mère, suivit le penchant qu'il avait à voyager. Il parcourut divers pays, y dépensa beaucoup ; et revint dans sa patrie, augmenté de mérite et diminué d'argent.

Il y demeurait dans une contrée affectionnée par les fées, et entre les diverses beautés dont elles avaient orné un endroit qui leur plaisait, rien n'égalait l'allée des *Idées*. Les tiges d'arbres étaient d'un albâtre de la couleur qu'elles ont naturellement ; les feuilles d'émeraudes, et les fruits qui n'y venaient que tous les mille ans, ne mûrissaient que pendant un clin d'œil, et formaient des diamants, d'abord gros comme des melons d'eau ; mais puis, se rapetissant, peu à peu, devenaient dans un instant à rien, tout comme cette mousse qui se répand subitement sur le vin de Champagne, et qui passe de même : le seul *Sancy* de la Couronne de France y a été cueilli, et cela dans le plus fort de son déclin ; mais avant qu'il fût pris, ses camarades étaient disparus. Le soleil ne saurait pénétrer ces aimables lieux, qu'autant qu'il faut pour y voir aussi clair qu'il est possible sans être ébloui ; et la nuit, cinq cent dix-huit millions de lampes rendent un éclat bien au-dessus de celui du soleil, et c'est alors que la plupart des gens s'y promènent.

Percebourse y fut un jour, et parcourut fort soigneusement tous les coins et les recoins de cet endroit admirable, lorsqu'il se trouva tout d'un coup dans un jardin rempli du plus gros et du plus merveilleux fruit du monde.

D'abord, à l'entrée, étaient deux groseillers qui portaient des groseilles d'une prodigieuse grosseur : le prince eut envie d'en manger ; aussitôt qu'il y mit la dent, la groseille s'ouvrir, et il en sortit une personne fort aimable, et si jeune qu'elle paraissait encore enfant, mais appuyée sur un bâton, et une paire de lunettes sur le nez.

Eh ! de par toutes les fées ! D'où venez-vous, ma petite bonne ? s'écria Percebourse ; et pourquoi défigurer votre joli visage avec ces vilaines lunettes ? Hélas ! Seigneur, répondit *la Reine aux Echarpes d'or*, car c'était elle, hélas ! c'est pour avoir désobéi au *Géant Borgne*, ennemi mortel de *l'Enchanteur Gros-Sourcils*, mon oncle, et m'être remplie de groseilles malgré sa défense, que je me trouve la vue si faible, que s'il me fallait coudre mes chemises moi-même, j'irais nue faute de pouvoir enfiler une aiguille.

Voilà un vilain appétit qui vous a pris, dit le prince en souriant : mais d'où vient cette mauvaise béquille à une jeune enfant qui ne devrait faire que sauts et gambades ?

Hélas ! Seigneur, repartit l'infante, c'est encore ce vilain géant qui m'en a douée : piquée de sa défense sur une malheureuse groseille, j'ai couru après pour lui poudrer sa barbe grise, et montrer que je me riais de ses ordres et de ses ordonnances : il a pris mes intentions en mauvaise part, et en éternuant, m'a si fort dérangé l'emboîture de mes deux genoux, que depuis, ma faiblesse me défend de marcher sans bâton.

Voilà un colosse qui a le cœur bien dur : mais pourquoi vous-a-t-on fourrée dans cette groseille ? demanda Percebourse.

Hélas ! Seigneur, répliqua l'Echarpe d'or, c'est pour avoir eu dans mon royaume tout plein de jardins et des jardiniers, sans jamais y faire planter que des choux et des groseilles : mais que vous importent tous ces détails ? Vous me paraissez rempli d'autres soins, je ne vous demande qu'à retourner, cahin-caha, à filer de l'or pour l'entretien de mes pauvres sujets. Allez, ma charmante, dit le prince obligeamment, en lui baisant sa petite main d'une force qui lui fit faire de grands cris : allez manger des cerises, des pêches et des melons ; allez, et ne vous amusez pas à vos boîtes à poudre ; allez faire bâtir des pavillons, ordonner des parterres, des fontaines et des vergers ; en un mot comme en mille, allez obéir et plaire au géant, de crainte qu'il ne vous écrase.

La reine fit une révérence toute gracieuse, et s'en fut de son côté, tandis que le prince, sans s'arrêter beaucoup à l'extraordinaire de cette aventure, se mit du sien à prendre une autre groseille assez petite, à son gré, pour ne pas le mettre en risque de croquer quelque reine prisonnière. A peine l'eut-il touchée qu'elle se fendit, et qu'il en vit sortir *deux petites Mains blanches*, les doigts entrelacés, et roulant les deux pouces l'un autour de l'autre avec une vitesse incroyable.

Oh, oh ! dit-il, je n'ai rien vu de pareil dans mes voyages ; et comme ces mains s'approchèrent fort de son nez, il les éloigna avec un petit revers de la sienne, tout comme on tâche d'écarter une bouffée de fumée ; mais ces deux mains s'opiniâtrèrent et redoublèrent leur mouvement. Petites menottes, qui n'appartenez à personne, dit-il de nouveau en s'impatientant, quoique vous soyez gentilles et potelées, gens comme moi n'aiment pas qu'on leur joue sur le nez ; du moins allez joindre votre corps, afin que je voie s'il est assez joli pour vous permettre pareille liberté ; car j'ai vu de beaux bras à des faces hideuses. Les mains ne dirent mot ; mais comme offensées d'un pareil doute, leur rapidité devenait incompréhensible, ce qui n'empêcha pas cependant de faire remarquer au prince que la gauche manquait d'un doigt ; comme il était vif, il les prit, les enveloppa dans une feuille de fraise, et les mit dans sa poche.

Ne mangerai-je donc pas une méchante groseille ? dit-il en en cueillant une nouvelle. Celle-là portée à sa bouche se fendit comme les autres, et fit paraître *un petit Doigt bien dodu*, couleur de neige, et proportionné comme le plus beau doigt du monde ; son mouvement était de taper d'une façon précipitée, mais mesurée, qui dérangea si fort la perruque bien poudrée de Percebourse, que, sans autre entretien, il le prit bien vite, et l'enferma dans son étui à cure-dents ; puis s'éloignant du fatal groseiller, il s'avança en rêvant à la Reine des Echarpes, aux deux mains mutines, et au petit doigt tapant.

Il aperçut un abricotier portant du fruit si gros qu'il était impossible de le manger sans le couper, il en cueillit un, sortit son couteau, s'assit sous l'arbre, étendit un mouchoir bien blanc, et se mit après à trancher son abricot. Ahi ! Ahi ! s'écria *une Tête* en bondissant sur l'herbe. Que devint le prince à cette vue ! C'était une tête parfaite, des cheveux noirs, longs, bien bouclés, deux grands yeux de même, c'est-à-dire noirs, mais non bouclés, des sourcils comme du jais, rangés en arc-en-ciel, et de façon qu'un pauvre petit poil ne passait pas l'autre ; un petit nez retroussé, une bouche vermeille et si petite qu'il aurait fallu partager l'abricot en trente mille morceaux pour lui en faire goûter : mais cette même tête était toujours penchée vers l'épaule droite, et le prince avait beau la redresser, elle tombait toujours, et se donnait un air rêveur qui augmentait ses charmes et intéressait en sa faveur.

Beau buste ou belle tête à perruque, dit le prince d'un air inquiet, où est votre corps ? Voyez dans la tige de l'arbre, répondit la *Tête penchée*, en le regardant d'un œil qui brûlait si fort son cœur qu'il se répandit une odeur de roussi par tout le jardin.

Hélas ! s'écria-t-il, comment fendre cet arbre, n'ayant ni hache ni scie ? Il enfonça son couteau dedans, mais son couteau sauta comme un verre ; il grattait des ongles, et les ayant tous arrachés, il prit les deux mains qu'il avait mises dans sa poche, et se mit à gratter de nouveau, de sorte que l'ongle du pouce droit y resta ; il l'entoura bien vite d'un taffetas noir, et se désespérait d'avoir gâté la belle main, de ne point avancer dans son ouvrage, et de ne pas parvenir à avoir ce beau corps.

Il allait quitter un travail qui lui semblait inutile quand, tout d'un coup, son bon génie lui inspira d'approcher les deux yeux de la tête penchée à la racine de l'arbre ; le feu prit si soudainement et avec tant de violence, que sa plus grande inquiétude était qu'il ne consumât aussi le corps. Quelle fut sa joie quand il vit sauter au travers des flammes, ce *Corps* si proportionné, si bien fait, que l'on n'en fait plus sur ce modèle, il n'y manquait que les deux mains et la tête.

Il prit celle qui était à terre qui s'y ajusta à merveille, il sortit le doigt de l'étui qui se joignit à la main, et les deux mains aux deux bras pour en former la plus belle personne du monde, avec une tête penchée, deux pouces qui roulaient, et qui ne cessaient de rouler que pour laisser au doigt le temps de taper la racine de ces cheveux que nous avons dit être si noirs. Admirable et divine déesse, fée, reine ou princesse, qui vous a mis là ? dit le prince en se pâmant. Les soufflets que j'ai donnés au géant, dit la charmante inconnue.

Ils allaient pousser la conversation plus loin, et se déclarer sans doute des choses plus pressées, quand ils furent interrompus par les sifflements de mille serpents qui traînaient un char composé de cœurs hachés et traversés de dards : une femme qui avait un air de colique, était dans cet horrible équipage, sa robe était noire, parsemée de flammes de brillants, les serpents qu'elle portait en guise de cheveux étaient renoués d'un ruban feuille morte, et derrière elle, on voyait une Furie qui bouclait son tignon couleuvré avec un fer chaud qui fit siffler ce peuple rampant d'une manière aussi terrible que singulière.

Je suis, s'écria-t-elle du plus loin qu'on pouvait l'entendre, je suis la fée *Envieuse*, reine du pays des Désirs : Que souhaitez-vous, prince, pour avoir délivré le plus utile de mes ouvrages, et une princesse qui donne de l'envie et du dépit aux beautés grecques et romaines ?

Je désire la princesse, dit-il. Prenez-la, interrompit la fée, à condition que la fille dont elle accouchera dans une année d'ici, soit mise sous ma protection et confiée à mes soins, et je jure par mes serpents, par mes dards, par mes feux, par mes cœurs rongés, et par mon tignon, que je vous la rendrai si parfaite, qu'elle ne fera pas moins d'envieuses que sa mère.

Le prince et la princesse baissèrent les yeux, le prince de joie et par reconnaissance, et la princesse par modestie et par pudeur, de s'entendre nommer une faiseuse de filles, elle qui n'avait pas encore consenti au mariage : mais les fées savent tout ; aussi celle-ci savait-elle que la noce se ferait, qu'il en naîtrait une fille, et qu'elle l'aurait sous sa protection, ainsi elle disparut sans seulement attendre leur consentement.

Oh ça, dit le prince aussitôt qu'il ne vit plus Envieuse ; votre histoire, Madame ! Hélas ! dit la princesse, car les princesses enchantées sont riches en hélas ! Hélas ! dit donc celle-ci, je suis *Pensive, Dissimulée et Curieuse*...... Pensive, dissimulée et curieuse ! répéta le prince en hochant par trois fois la tête. Hom ! de par ma prodigalité, si nous n'étions déjà mariés par-devant la fée... Mais n'importe, à cela près, achevez, s'il vous plaît, et commencez par votre nom, comme tout le monde commencerait. Je m'appelle LA PRINCESSE PENSIVE, continua-t-elle, et j'ai une survivance de féerie, lorsque ma grand-mère la fée Matador sera morte ; car dans notre famille il y a de tout temps eu une fée, et ordinairement ce pouvoir a enjambé la fille pour passer à la petite-fille...... A propos, interrompit le prince, belle Pensive, il me paraît qu'il faudrait achever notre mariage, et vous aurez, après, tout le temps de me dire toutes ces choses qui sentent déjà le merveilleux et l'admirable ; il me suffit pour le présent de savoir que j'épouse une princesse aimable et de bon lieu.

Pensive qui savait trop son monde pour montrer de l'empressement, mais qui cependant n'était pas fâchée de changer d'état, ce qui revenait à ses deux caractères de dissimulée et de curieuse, donna la main à Percebourse qui la conduisit hors du jardin dans l'allée des Idées, de l'allée des Idées au Temple, et du Temple au lit.

La possession, loin de diminuer les agréments et la félicité de cette union, les augmenta ; ce qui était une preuve manifeste de la protection de la fée, et donna de l'envie au plus heureux époux.

Le prince occupé de sa seule satisfaction, resta six mois sans se souvenir de l'histoire, quand à la fin, un beau matin sur le midi, car les matinées de Pensive ne commencèrent qu'à midi, il la pria de l'achever ; Seigneur, dit-elle sans hélas cette fois-ci ; je suis Pensive, Dissimulée et Curieuse. De par notre fille à venir ! s'écria Percebourse, vous me l'avez dit et je le sais : continuez.

J'ai de tout temps, poursuivit-elle, aimé à me promener. Un jour que je prenais ce plaisir, je rencontrai le Géant Borgne au bord d'une rivière. Je voulus me retirer en le voyant, quand il m'arrêta par ma robe. Je parie, me dit-il, ma barbe et ma taille, que vous songez à quelque absent qui vous a rendu hommage, et qui ne vous déplaît pas. Je crus que cette question ne méritait point de réponse, et je me tus. Vous êtes pensive, ajouta-t-il, vous songez, ma belle, à une défaite. Ce reproche m'irrita et valut un soufflet au géant, car je suis prompte, prince, afin que vous le sachiez, dit-elle, d'un ton élevé. Et moi vif, princesse, afin que vous ne l'ignoriez pas, répliqua Percebourse qui prit ce qu'elle venait de dire pour une menace. Pensive, en se radoucissant, reprit le fil de son discours. Si vous aviez, dit le géant, le cœur tendre et raisonnable on pourrait vous parler d'affaires. Moi, le cœur tendre, Seigneur ! dis-je, je n'ai jamais aimé, et ne prétends jamais aimer. Vous êtes dissimulée, interrompit le monstre. Cette impolitesse lui attira un second soufflet ; mais sans se déconcerter, et n'en sentant pas, je pense, grand mal, il s'écria : J'ai un beau-frère. Ah ! petite brutale, si vous le connaissiez ! Et comment est-il fait, lui dis-je ? Vous êtes curieuse, répondit-il. Cette curiosité mal placée guida encore ma main à sa joue, et cela d'une force que le géant qui avait paru immobile aux deux premiers soufflets, devint à celui-ci rouge comme de l'écarlate des Gobelins, et en éternuant, car une partie de ses enchantements était au bout de son nez, il me sépara le doigt de la main, les mains des bras, et la tête du col, et enferma chaque partie dans l'endroit où vous l'avez trouvée. Restez-là, souffleteuse, dit-il, jusqu'à ce qu'un jeune prince vienne dans ce jardin, pensif sur le sujet d'une princesse, dissimulé sur le choix de ses chagrins, et curieux de goûter de ces fruits ; car comme la rêverie, la dissimulation et la curiosité vous ont mise là, il n'y a que la rêverie, la dissimulation et la curiosité qui puissent vous en retirer. Vous savez le reste, Seigneur, qui a réussi selon mes désirs et comblé mes souhaits. Percebourse ne resta pas court, et fit réellement voir que si la princesse l'aimait, il aimait la princesse.

Au temps prédit, Pensive accoucha d'une fille qu'elle appela FAUNILLANE, de l'île des Faunes, appartenant à son père ; mais comme depuis elle a toujours porté une robe d'or doublée de noir, elle est plus connue sous le nom de l'INFANTE JAUNE.

A peine ouvrait-elle les yeux à la lumière du jour, qu'on vit entrer dans la chambre où elle était un ciron, qui peu après devint une fourmi, puis une araignée, puis un hanneton, puis un ver à soie, puis un lézard, puis une grenouille, puis un crapaud, puis une vipère, puis une couleuvre, puis un serpent à sonnettes, puis un crocodile, et puis un dragon ailé, portant la fée Envieuse sur le dos. Où est l'enfant ? demanda-t-elle. La voici, dit la princesse, qui ne savait ce que c'était que manquer à sa parole.

Envieuse disparut avec sa proie, et la mit dans une appartement creusé dans un seul diamant, et lui donna pour nourriture deux boules blanches à sucer qui la rendirent si belle, si gracieuse, si parfaite, et si aimable qu'il ne fut bruit que de sa beauté et du bonheur de celui qui pourrait parvenir à la posséder. Sa douceur aida beaucoup à la faire désirer, et il est dit dans le journal de sa vie, qu'elle n'a jamais ni crié ni pleuré, que lorsqu'au bout de dix-huit mois ces boules furent métamorphosées en ailes de perdreaux, en cuisses de poulets, et en crêtes de coqs.

Proche de l'endroit où Faunillane passait ainsi ses premières années, était la fameuse *Ile des Bois*, où l'on avait bâti un temple d'une structure plus gothique et vénérable que nouvelle et magnifique. Il renfermait les cendres précieuses d'une longue race de nos rois, prodiges de leurs siècles et amour de leurs sujets. Auprès de ce temple demeurait la princesse *Colombe Blanche*, qui trouva, une nuit, un petit garçon beau comme le jour sur son lit. Son ambition lui dit que c'était le fils de Jupiter, mais sa raison dit que non, et le public même prétendait que sa raison avait raison.

Comme on ne pouvait s'imaginer d'où venait ce prodige, il fut, en attendant une révélation favorable, confié aux soins de la fée *Lutine*, appelée ainsi, non à cause de sa lutinerie, qui d'ailleurs n'était pas extraordinaire, mais à cause d'un ogre, nommé *Œil de Bœuf*, qu'elle venait d'épouser, qui était velu, et qui touchait admirablement bien du luth. Elle était connue dès longtemps de la princesse Pensive, et si bien, qu'elle lui avait fait présent de son portrait pour orner la salle où l'ogre jouait à la tête de ses musiciens. Elle portait au reste une ébauche de visage fait à la hâte, avec un nez écrasé, et s'était liée d'amitié et d'intérêt à l'enchanteur *Gros-Sourcils*, qui était en réputation de beaucoup de puissance et de peu de crédit.

Le Prince des Coudes, c'est ainsi que l'on nommait l'enfant trouvé, fut élevé avec un soin admirable pour les dehors : mais dans une pareille école, son intérieur ne pouvait guère s'épurer, de façon que l'innocence de son naturel et la malice de son tuteur et de sa tutrice, l'avaient choisi pour le champ où se livreraient cent batailles par jour, sous la conduite du Faste, des Plaisirs et de la Volupté. Il semblait ne rien manquer à son bonheur que de le lier pour toujours à la princesse Faunillane. Aussi l'enchanteur y travailla-t-il d'une si grande force, et par la composition d'une liqueur si infernale, que sa femme nommée *Lardonne* à triple menton, en fut suffoquée.

La fée Envieuse de son côté qui savait combien la destinée de la princesse en souffrirait, mit tout en œuvre pour empêcher un mariage si mal assorti ; et comme son pouvoir seul ne pouvait suffire, elle fut trouver la fée *Robinette*, qui s'unit à elle, elles conjurèrent ensemble la perte de Lutine et de Gros-Sourcils. Robinette, pleine de courage, fut les trouver sous la figure d'un jeune chasseur, et les engagea à venir sous une tente dressée dans un bois agréable et rempli de gibier. Dès qu'ils y furent, cette tente se changea dans le palais d'acier de la fée, et par son grimoire elle renferma ce couple d'ennemis dans une verre rempli d'une eau de couleur de sirop capillaire, posé sur une fenêtre, dont les carreaux étaient d'un cristal offusqué par les exhalaisons de cette eau.

Cette prison paraissait éternelle, et l'eût été sans une visite que la princesse Pensive s'avisa de donner à Robinette. Dès que les enverrés la virent, ils se mirent à danser le passe-pied d'une rapidité à renverser le verre, ce qui attira les regards et anima la curiosité naturelle de la princesse qui ouvrit le vase, et mit le nez dedans pour voir de plus près une chose aussi merveilleuse.

A peine l'enchanteur et la fée sentirent-ils les approches de la liberté, qu'ils en profitèrent, et depuis ce temps-là ils désolent l'univers plus que jamais.

Ma petite belle Prudente, qui ne savez ce que vous faites, dit Robinette, vous mériteriez d'être mise dans cette eau avec votre impertinente curiosité. Pensive qui convenait dans son cœur avoir mérité ce reproche, se retira toute honteuse en conjurant la fée de ne la point abandonner, et de ne pas permettre le mariage de l'Infante jaune avec le prince des Coudes. Bon, dit la fée irritée, vous mériteriez que je vous changeasse en pigeon, et que je vous livrasse à la puissance de son père. Sur ces entrefaites, Envieuse accompagnée du prince Percebourse, entra. Non, de par le verre et la liqueur, s'écria-t-elle, non, fée, m'amie, vous ne lui ferez point de mal. Puis se tournant vers le prince, je sais, ajouta-t-elle, que vous avez perdu des trésors considérables dans les pays étrangers, et votre fille ne sera donnée qu'au prince qui entreprendra de les découvrir, et qui les rapportera, afin que votre état fasse une envie parfaite.

Aussitôt que cet arrêt fut publié, tous les jeunes princes se mirent à courir comme des fols, les uns à l'Opéra de Paris, les autres dans le Palais Marchand, les autres dans les jeux publics, les autres chez les traiteurs, les autres chez les amis emprunteurs, les autres chez mille belles, et encore d'autres qui connaiss[ai]ent peu ou point Percebourse, se mirent à creuser la terre, et à la fouiller, pour voir s'il avait enterré son bien.

Tous ces chercheurs de trésors sont accompagnés d'une petite chienne, nommée Badine, qui sait tous les mystères de Percebourse et de Pensive. On attend leur retour pour apprendre à qui

Faunillane qui se fait de jour en jour plus aimable et plus charmante, est destinée. Cependant l'on ne saurait douter du bonheur de son sort sous la protection visible d'une fée si puissante et si redoutable.

ABBÉ FRÉRON

RÉPONSE DU PUBLIC À L'AUTEUR D'*ACAJOU*

J'étais si las, mon cher Duclos, de la sotte humilité des auteurs qui se prosternaient à mes genoux dans leurs discours préliminaires, et me demandaient pardon d'avance de l'ennui qu'ils devaient me causer : j'étais si excédé des fades éloges qu'ils faisaient de la pénétration de mon esprit, de la délicatesse de mon goût, de l'infaillibilité de ma critique, et de l'impartialité de mes jugements, qu'en vérité je ne pouvais plus prendre sur moi de lire ces fastidieuses préfaces. En voyant donc à la tête d'*Acajou et Zirphile* une épître que vous m'adressez, j'ai cru bonnement que vous alliez aussi m'affadir par un encens vulgaire. Mais que j'ai été agréablement surpris de voir qu'au contraire vous me parliez d'un ton de maître ! Voilà enfin, me suis-je écrié, un auteur tel que je le demandais, un génie libre, hardi, indépendant qui regarde en pitié nos vains préjugés, et qui sait se tirer noblement de la foule rampante de ses timides confrères ! Ne croyez pas cependant être le premier qui m'ayez traité aussi cavalièrement. Depuis que j'existe, on ne fait que se plaindre et se louer de moi tour à tour. Longtemps avant vous, Démosthène avait confié à un de ses amis, *qu'il fallait qu'il eût dit bien des pauvretés, un jour que je l'avais extraordinairement applaudi.*

Quelques traits que vous décochiez sur moi, je gagerais que vous m'aimez.

Tel un amant malheureux
S'irrite contre une belle,
A ses désirs amoureux
Constamment sourde et rebelle :
De ses refus cruels et de ses froids mépris
Son âme sensible est blessée ;
Et dans sa fureur insensée,
Il déchire l'objet dont son cœur est épris.

A Dieu ne plaise pourtant que je pense avoir été maltraité par représailles. Il est vrai que nous étions un peu brouillés depuis un certain opéra de l'*Amour et de la Folie* ; mais l'impression en est aujourd'hui tellement effacée de mon esprit, que cela ne doit plus vous tenir au cœur. J'adopte vos plaisanteries ; et comment ne les adopterais-je pas, quand je vous vois vous pincer vous-même en galant homme, et m'avouer de bonne foi que votre dessein a été *de faire une sottise. Tout*, selon vous, *est compatible avec l'esprit et rien ne le donne* : proposition incontestable.

Vous avez bien raison de dire que *l'érudit est méprisé*, que *le géomètre ennuie*, et que *le bel esprit est sifflé*. C'est pour cela que je n'ai plus de Daciers ni de Saumaises[1] ; grâce à Dieu j'en suis délivré. Quant au géomètre, je m'aperçois qu'il voudrait n'être plus si sot ni si ennuyeux. Il se jette à corps perdu dans le bel esprit ; il commence à se dégourdir, et il se secoue pour devenir poli, galant et aimable. Mais je crains bien qu'il ne soit à la fin ni géomètre ni bel esprit : j'ai peur que ses ouvrages géométriques ne soient écrits d'un style ridiculement plaisant, et que ses ouvrages de littérature ne se ressentent de la sécheresse et de la froideur des mathématiques. En ce cas je lui conseille de rester tel qu'il est : il vaut encore mieux être ennuyeux que ridicule.

A l'égard du bel esprit, je suis bien éloigné de *siffler* celui qui nourri de la lecture des Anciens et des bons Modernes, formé sur leur modèle, suit scrupuleusement la raison et la nature dans ses écrits, celui qui ne tient à aucune cabale, qui ne veut ressortir qu'à mon tribunal, et qui se présente à moi revêtu de son seul mérite. Au contraire je le loue, je l'admire, et je lui applaudis bien sincèrement. Mais je *siffle* tout bel esprit qui n'en a que l'écorce, tout littérateur oisif qui a fait son apprentissage au café, tout importun babillard qui n'a pour mérite qu'un caquet monotone et un vain ramage : je berne tout éditeur furtif des ouvrages d'autrui, tout prête-nom, tout plagiaire, tout usurpateur de réputation. On sait bien, mon cher Monsieur, que vous n'êtes dans aucun de ces cas.

Il y a quelque chose de vrai dans les différents âges par lesquels vous me faites passer : je vais vous l'expliquer, il est naturel que je me connaisse mieux que vous ne me connaissez. Je parais tantôt enfant, tantôt jeune, tantôt homme fait, tantôt vieillard. Ce qu'il y a même de singulier, c'est que je me renouvelle quand je veux. Du temps des Grecs et des Romains, par exemple, j'étais dans la vigueur de mon âge. Sous François Ier je me suis vu au berceau, et sous Louis XIV j'ai recouvré mon âge viril. Pour aujourd'hui, je croirais assez que je suis retombé dans l'enfance. Je sens à merveille que l'esprit qui me domine est un esprit de bagatelle. Un petit conte de rien m'amuse tout un mois ; un vaudeville me réjouit toute une année ; le moindre jouet me fait courir comme un écervelé. J'aime les pompons, le clinquant, la foire, les marionnettes. Je vais en foule aux spectacles, et pourquoi ? Pour entendre de grandes tirades de vers pompeux, qui me semblent forts, et qui ne sont que boursouflés. J'écoute, *grands yeux ouverts, bouche béante* ; et à mesure que j'y comprends moins, j'admire davantage. Ou bien j'irai à des comédies dans l'intention d'y voir le ridicule des mœurs, et je n'y vois que le ridicule des romans.

Mais, mon cher Monsieur Duclos, que voulez-vous que je fasse ? Je vais vous parler en ami. Du temps des Despreaux, des Corneilles, des Racines, des Molières, des Regnards, des La Fontaines, je n'étais pas si sot. J'avais alors le jugement fin et le goût bon, grâce aux préceptes et aux ouvrages de ces grands hommes. L'envie qu'ils avaient de me plaire, les fit parvenir à la perfection de leur art. Il fallait voir aussi comme tous les théâtres retentissaient de mes applaudissements, avec quel respect je parlais d'eux, et de quelle façon je les récompensais de la peine qu'ils prenaient de m'amuser.

Mais quand l'Olympe radieux
Rappela les âmes sacrées
De ces terrestres demi-Dieux,
Alors les muses éplorées
Quittèrent ces sauvages lieux,
Et dans les plaines azurées
Suivirent leur char glorieux.

De quel désespoir leur funeste mort me frappa ! De combien de larmes j'arrosai leurs cendres ! Il n'est pas possible de vous dépeindre la tristesse dont je me vis accablé. Mon chagrin rejaillit sur les téméraires auteurs qui prétendirent me consoler de la perte de ces esprits divins. Que de pièces je sifflai ! Que de poètes je bafouai !

Que je huai aussi d'acteurs qui avaient la folle ambition de remplacer devant moi un Baron et une Lecouvreur ! J'avais continuellement ces modèles devant les yeux : c'étaient autant de pièces de comparaison, dont ma tête était remplie. Tout ce qui n'était pas écrit ou déclamé dans leur goût, attirait mes dédains. Mais enfin je m'aperçus que dans des temps d'indigence et de stérilité, je ne devais pas être si délicat et si difficile, et suivant le conseil d'Horace[2].

Num, tibi cum fauces urit sitis, aurea quaeris
Pocula ? Num esuriens fastidis omnia, praeter
Pavonem rhombumque ?

Sermon. Lib. I. Sat. 2

J'étais précisément dans le cas de ces gens affamés, et je voulais à quelque prix que ce fût m'amuser et me divertir. Il a donc fallu me contenter de ce que produit le siècle. Je me suis accommodé peu à peu à la médiocrité de ceux qui travaillent pour mes plaisirs, et j'ai perdu insensiblement de vue mes favoris et mes maîtres. Je ne puis mieux me comparer qu'à la matrone d'Ephèse, qui après avoir bien pleuré son mari, sécha ses larmes. A son exemple,

Je me suis repenti d'avoir tant soupiré ;
J'ai calmé ma douleur extrême,
Et je me suis dit à moi-même :
Mieux vaut G...[3] debout, que Baron enterré.

Cette espèce de veuvage n'est pourtant pas réparé au point de me faire oublier les premiers objets de ma tendresse ; semblable encore à ces femmes qui mécontentes d'un second mari, font à tout propos l'éloge du premier. Je donne même quelquefois des marques assez brusques de mon chagrin : témoin l'accueil momentané que je fis dernièrement au nouveau drame équivoque d'un glorieux académicien. Je m'étonne comment je ne l'applaudis pas, moi qui ai assez bien reçu d'autres pièces de lui, qui peut-être ne valaient pas mieux. Je suis comme ces fous qui ont des intervalles de bon sens : malheureusement pour l'auteur, je jouissais ce jour-là de toute ma raison. Sa pièce me parut si froide, si languissante, si doucereuse, si affadissante, qu'il me fut impossible d'y tenir. Il me sembla que notre ami La Chaussée[4] n'avait fait que détacher les feuillets du roman de *Pamela*, les mettre en prose rimaillée, et les donner à apprendre aux comédiens. Je lui demande bien pardon de ma grossièreté ; je suis un vrai misanthrope, et en vérité je devrais être plus complaisant et plus flatteur. J'espère qu'il aura l'indulgence de me passer quelque chose : je lui en ai tant passé !

Je vais encore vous faire un aveu, mon cher ami. Ce qui me dépite, et ce qui est sans doute la cause de ma mauvaise humeur, c'est que je vois que les auteurs d'aujourd'hui s'embarrassent fort peu de me plaire. Il semble qu'ils ne travaillent plus pour moi. Pourvu qu'ils aient le suffrage d'une petite coterie où ils président, et qu'ils soient applaudis de trois ou quatre ignorants, et d'autant de femmes, ils sont contents. Oh ! Cela me pique très sérieusement : c'est usurper mon autorité, et s'arroger un droit que j'ai depuis ma naissance :

Suis-je donc LE PUBLIC, et parmi les mortels
Qui voudra désormais encenser mes autels ?

Et par qui mon autorité est-elle usurpée ? Par des étourneaux titrés sans génie et sans goût ; par de vieilles sibylles, qui ne sachant plus où donner de la tête, se jettent dans la littérature. Car pour une femme laide ou surannée, je ne vois que deux partis : la dévotion, ou le bel esprit. La dévotion est une ressource usée, et d'ailleurs trop ennuyeuse. Le bel esprit amuse, et donne un certain relief parmi les sots. Quand on a fait naufrage, on s'accroche à ce qu'on peut, et le bel esprit est la planche qui reste à certaines femmes pour se sauver.

Je veux proscrire ce ridicule abus, et relever mon suprême tribunal renversé par ces cours subalternes. Je ne puis souffrir de voir les plus chétifs écrivains fêtés et admirés dans ces tripots, parce qu'ils répèteront cinquante lieux communs avec un babil aisé, et d'un ton effrontément décisif. N'est-ce pas une honte pour notre siècle de voir ces vils atomes devenir les favoris de quelques grands, qui les caressent, tandis qu'ils savent à peine le nom des gens d'un vrai mérite. Tel de ces petits messieurs jouit d'une fortune aussi peu méritée, que l'infortune du grand ROUSSEAU[5].

Quel nom viens-je de prononcer ? Toutes mes plaies se rouvrent, toutes mes douleurs se renouvellent à un nom si cher. Seul débris du siècle de Louis XIV, objet continuel de mon estime et de ma pitié, ta destinée m'afflige tous les jours.

Illustre et malheureux ROUSSEAU
Rival de Pindare et d'Horace,
Dans tes mains l'immortel Boileau
Remit le sceptre du Parnasse :
Tu meurs, triste jouet du sort,
Victime de la pâle Envie,
Admirable pendant ta vie,
Irréparable après ta mort.
Dans ce siècle de fer, pourquoi, Parques avares,
Nos héros au trépas sont-ils abandonnés ?
Ou faites, justes dieux, les grands esprits moins rares,
Ou rendez éternels ceux que vous nous donnez.
Atropos n'entend pas nos soupirs légitimes ;
Elle obéit aux lois du rigoureux Destin :
La cruelle qu'elle est, dans le choix des victimes,
Ne sait point distinguer ROUSSEAU de ...[6]

Je ne suis point assez injuste, pour méconnaître dans plus d'un poète de nos jours des étincelles de ce feu qui échauffait le génie de notre fameux lyrique. Je fais cas des talents du célèbre Voltaire, et je l'estimerais encore davantage, s'il s'était borné à faire des vers, seul genre pour lequel il est né.

J'ai beau lui crier, qu'il s'égare :
Mes conseils sont hors de saison ;
Et je vois son esprit bizarre
Embrasser follement l'aveugle opinion,
Qui fait de l'algèbre barbare
Un ornement de la raison.
Quel aride sentier pour sa muse fertile !
L'heureux imitateur du Tasse et de Milton
Aujourd'hui chantera sur le superbe ton
De la trompette de Virgile,
Et tracera demain une ligne stérile
Avec le compas de Newton ![7]
Que t'importe des cieux la vaine architecture ?
Laisse autour du soleil les planètes errer :

Voltaire, tu naquis pour peindre la nature :
Est-ce à toi de la mesurer ?

Crébillon est bien plus louable, d'avoir constamment suivi son goût pour le théâtre. Par la force de son génie, et par une étude profonde des règles, il s'est frayé une route nouvelle dans un chemin si battu. Il ne brille ni par le sublime de Corneille, ni par le naturel de Racine. Son noir cothurne le distingue.

Qu'il soit au temple de Mémoire
Placé près des auteurs de *Phèdre* et de *Cinna* ;
Mais pour justifier sa gloire,
Qu'il achève *Catilina*[8].

Je vous citerai encore quelques auteurs vivants pour qui j'ai de l'estime : un Roy[9], l'ornement et le soutien de la scène lyrique, poète de la cour, décoré par elle ; un Piron, dont le mâle génie doit tant à la nature, et si peu aux recherches de l'art ; un Racine, qui a versé des beautés sur une matière ingrate, et rappelé les muses à leur premier emploi ; un Gresset, dont je voudrais réveiller le long sommeil ; un d'Olivet, laborieux académicien ; un Fontenelle, qui a su immoler tour à tour le bel esprit à la science, et la science au bel esprit ; un Montesquieu, que je vois aujourd'hui dans un temple qu'il a autrefois si agréablement profané, *tangit modo quas violaverat aras. Ovid.*[10]. Un Destouches, à qui nous devons deux pièces comiques[11], qui auraient donné de la jalousie à Molière, si les véritablement grands hommes en étaient susceptibles ; un Sainte-Foy[12], père du charmant *Oracle*, du *Sylphe*, et d'un nouveau genre de comédie, qui est bien plus dans la nature que le genre larmoyant ; un Boissy, que j'ai applaudi sur les deux théâtres consacrés à Thalie ; un Crébillon fils, qui écrit avec tant d'esprit et de légèreté ; un Prévost, dont la féconde imagination a enfanté un si grand nombre de romans, que j'ai tous lus, et dont je relis quelques-uns.

Et toi[13] qui d'une plume à ton repos fatale
Eus le courage de t'armer ;
Toi qu'une exécrable cabale,
De tes talents sombre rivale,
Voudrait en tous lieux diffamer ;
Moderne Photius, *Observateur* solide,
Qui sus, malgré les cris de cent petits auteurs,
Par ton attique sel préserver les lecteurs
Du miel assoupissant de toute œuvre insipide ;
Reprends ton premier poste à la cour d'Apollon ;
Ne souffre point d'intrus dans le sacré vallon :
Et brillant à mes yeux d'une clarté nouvelle,
Venge-toi, venge-moi de M... et N...[14]

Voilà, mon cher Monsieur Duclos, le petit nombre d'écrivains que j'avoue ; presque tous les autres sont détestables à mes yeux. Je conviendrai cependant qu'ils sont nécessaires dans la République des Lettres, pour servir d'ombres à ceux qui s'y distinguent. Rien n'est bon ici-bas que par contraste. D'ailleurs vous ne croiriez peut-être pas, que ces auteurs, tout mauvais qu'ils sont, contribuent quelquefois à mon amusement. Il en est de la littérature, comme de la conversation. Celle-ci languirait bientôt, si elle ne roulait que sur des matières raisonnables, et si tous ceux qui forment un cercle, se piquaient de parler le langage du bon sens. Les fameuses conférences de l'Hôtel de Rambouillet, que j'ai tant sifflées, ne devaient leur fadeur et leur ennui qu'à cet excès pédantesque de justesse et d'esprit. Les conversations ne sont piquantes, qu'autant qu'il se trouve des originaux qui ouvrent un champ libre à la fine raillerie, et sur qui on puisse faire rejaillir innocemment l'enjouement des bons mots. J'ose dire aussi, que l'Empire des Lettres a besoin de cet assaisonnement pour se soutenir : et je serais en quelque sorte bien à plaindre, si les auteurs ne me donnaient que des ouvrages marqués au coin du goût et du génie ; s'ils ne faisaient paraître que des harangues sans verbiage et sans fade encens, que des contes naïfs, qui servissent d'enveloppes à une morale neuve et délicate, que des comédies puisées dans la nature, etc. Mais heureusement pour moi, le Parnasse ne manque point d'écrivains, qui par un ridicule rare, me donnent des scènes tout à fait réjouissantes. Je suis aussi porté à rire qu'à admirer ; et j'ai presqu'autant d'obligation à un Le Blanc[15] qu'à un Voltaire. Les Pradons, les Farets, les Pelletiers, les Chapelains, les Abbés de Pure[16], me rendirent autrefois le même service, que me rendent aujourd'hui leurs dignes successeurs. Vous voyez que je sais tirer parti de tout.

Ce que je viens de dire me ramène naturellement à vous, et à votre petit ouvrage. Le ciel vous a pourvu d'ennemis, mon cher ami (tous les gens d'esprit en ont ; quelquefois même des sots ont cet honneur). Ces ennemis, ces méprisables insectes, ces serpents venimeux qui voudraient mordre la lime, vous rabaissent comme bien d'autres. Ils n'ont pas honte de crier à mes oreilles, que vous n'êtes pas même l'auteur d'un ouvrage aussi facile qu'*Acajou*. En supposant néanmoins que vous avez fait celui-ci (la supposition est bien aisée à faire) ils le déchirent impitoyablement. Ils prétendent, que c'est un amas de ridicules imaginations, plus bizarres les unes que les autres, et une espèce de parade ; qu'il n'est ni assez joli pour divertir des enfants, ni assez ingénieux et intéressant pour amuser des hommes ; que tous les petits traits de satire qui y sont répandus, sont pris de tous côtés, et puisés dans les livres les plus communs. Il n'y a pas jusqu'à Marivaux et Moncrif[17], qu'ils veulent que vous ayez pillés ; c'est ce que je ne vous dirai pas. Ce pays des idées, ces têtes qui y volent, sont, si on les en croit, une imitation des *Ames rivales*, pillées elles-mêmes, et du voyage que l'Arioste fait faire dans la lune à un de ses paladins, pour recouvrer la raison de Roland devenu fou[18]. Votre Amine et votre Zobéide sont tirées des *Amusements sérieux et comiques* de Dufresny. « Bélise, dit cet auteur, entre dans l'assemblée : vous en jugez mal, parce qu'elle est trop enjouée et trop libre en paroles ; cependant c'est une Lucrèce dans sa conduite ; et sa compagne qui parle en Lucrèce, est peut-être une Laïs par ses actions. » Vous avez daigné copier cette idée triviale. Le trait contre les filles d'honneur est dans les *Mémoires du Comte de Gramont* : le *persiflage* est partout. Ce qui m'a le plus choqué, est que sans avoir dit que le palais de la fée Harpagine et celui de Ninette se touchaient (pour moi je les croyais à cent lieues l'un de l'autre) on trouve tout à coup que les deux jardins ne sont séparés que par une palissade. Je suis peut-être trop sévère, de vous faire de pareilles chicanes ; je n'exige pas toujours qu'un écrivain soit original et raisonnable : je sais ce qu'il en coûte à un pauvre auteur, pour faire un ouvrage, même très médiocre ; et je le sais, moi qui vous parle, par expérience, depuis qu'il m'a fallu prendre la plume pour vous répondre.

Quelque chose qu'on me dise, j'ai trouvé dans *Acajou* des découvertes admirables ; l'origine des lunettes, l'origine des dragées, l'origine des nœuds, l'origine de ce proverbe : *Les grandes passions sont muettes* ; l'origine de la comparaison qu'on fait d'un homme qui raisonne mal avec un pot de chambre. Toutes ces savantes origines m'ont plus instruit que les *Origines* de Ménage[19]. Vous voyez que je ne suis pas si sévère que vos obscurs rivaux. Belle vengeance ! s'écrient-ils, que le vœu qu'il fait faire à Acajou de casser tous les pots de chambre ! Et à propos des croquignoles que ce prince reçoit patiemment des mains enchantées, ils n'aiment pas cette belle maxime : *Les princes sacrifient l'orgueil à l'intérêt.* C'est justement ce que j'admire le plus. Quelle heureuse facilité, que de moraliser ainsi sur tout ce qui se présente ; sur des dragées, sur des lunettes, sur des nœuds, sur des croquignoles, sur des pots de chambre ! Ils ne font pas même grâce à votre style. Ils le trouvent sec, décousu, et tel qu'on l'emploie dans les collèges pour des positions de thèses.

Ils infèrent de là que vous n'avez pu faire les *Confessions du Comte de* ***, ouvrage de génie, si fortement écrit. Mais ce qui, sans compter votre aveu et bien d'autres preuves, fait juger que vous en êtes l'auteur, c'est que dans ce roman il y a des négligences de diction et quelques tours vicieux, à peu près comme dans *Acajou.*

Le père de ce petit conte
Ne saurait être assurément
Que celui de l'aimable Comte,
Qui se confessa galamment.

Après tout, il est pardonnable à une imagination vive, à un bel esprit lié avec les personnes du grand monde peu correctes dans leur langage, d'être un peu négligé dans le sien, et d'écrire en homme de la cour.

Auteur charmant, divin Duclos,
Pardonnez-moi ce coup de patte.
En vous un vrai mérite éclate,
Et votre plume délicate
Brille, même aux yeux des plus sots.
Le temple, où l'auteur de *Séthos*,[20]
Celui du *Chat et de la Chatte*,
Et des Corneilles le Népos
Tour à tour se grattent le dos,
Jamais pour vous ne sera clos :
Oui vous partagerez le los
De ces respectables héros.
Auteur charmant, divin Duclos,
Pardonnez-moi ce coup de patte.

Je suis, en attendant l'honneur de voir *Louis XI*.

Votre très humble et très obéissant serviteur,

LE PUBLIC

NOTES DE LA RÉPONSE DU PUBLIC

1. Erudits et philologues du XVIIe siècle, savants commentateurs et traducteurs des textes de l'antiquité grecque et latine.

2. *Satires,* liv. I, sat.2, v. 114-117 : « Voyons, quand la soif te brûle le gosier, cherches-tu des coupes d'or ? Quand tu es affamé, rebutes-tu tous les mets hors le paon et le turbot ? » (trad. F. Villeneuve, *Les Belles-Lettres*)

3. Probablement Grandval, interprète notamment de Voltaire, récemment du rôle d'Egisthe dans *Mérope* (1743).

4. Nivelle de La Chaussée, auteur dramatique, académicien depuis 1736, connaît, après le succès de *Mélanide* (1741), un tel échec avec sa *Paméla* (1743) qu'il ne fit pas imprimer la pièce.

5. Jean-Baptiste Rousseau, célèbre pour ses odes et ses cantates, était considéré comme le restaurateur de la grande poésie lyrique. Tenu pour l'héritier des classiques, il jouit alors d'une notoriété que son savoir-faire ne justifie plus à nos yeux. Déjà, vers 1740, des critiques aussi perspicaces que Vauvenargues doutaient du génie de Rousseau.

6. Saint-Quentin (Gossart de) ferait une rime plus riche que Pellegrin, mais de ces deux abbés poètes le second est plus connu, notamment des railleurs.

7. Fréron reproche à Voltaire de ne pas s'en tenir à la poésie et de compromettre sa muse dans des écrits de philosophie et de science. L'auteur de la *Henriade* a tort de se préoccuper des *Eléments de la philosophie de Newton* (1737).

8. Crébillon père, le tragique, ne fait jouer son *Catilina* qu'en 1748 alors que *Pyrrhus* est de 1726 !

9. Dans l'énumération qui suit, Fréron semble accorder une égale considération à des écrivains d'envergures et de talents bien différents : Roy s'est illustré par ses « poèmes

d'opéra » ; Piron est poète et dramaturge de qualité (*La Métromanie* 1738) ; Louis Racine, fils de Jean, est l'auteur de deux poèmes d'inspiration religieuse (*La Grâce*, 1720, et *La Religion*, 1742) ; Gresset n'est encore célèbre que pour le *Vert-vert* (1734), badinage en vers sur les mœurs du couvent ; l'abbé d'Olivet, savant jésuite, fait surtout figure de grammairien, mais se présente comme successeur de Boileau au titre de régent de la langue et de la littérature ; Fontenelle et Montesquieu n'ont pas leur place en cette compagnie.

10. « Il touche les autels qu'il avait naguère profanés » : allusion à la satire de l'Académie dans les *Lettres persanes.* Montesquieu n'y est pas moins entré en 1728.

11. Les deux pièces les plus applaudies de Destouches sont *Le Philosophe marié* (1727) et *Le Glorieux* (1732).

12. Poullain de Saint-Foix, dramaturge, a connu le succès avec *L'Oracle* (1740) et surtout *Le Sylphe* (1743). Fréron fait son éloge, voyant en lui l'inventeur d'un comique nouveau. Boissy a fait jouer au Théâtre Italien une *Paméla* (1743) qui fut mieux accueillie que celle de Nivelle. Crébillon fils vient de publier, après *Les Egarements du cœur et de l'esprit, Le Sopha* (1742). Romancier bien connu, Prévost a donné en 1742 sa traduction de la *Pamela* de Richardson.

13. L'abbé Desfontaines (1685-1745). Ancien jésuite, traducteur de Swift, Pope, Virgile, critique littéraire et journaliste de talent, adversaire de Voltaire, censeur des nouveaux précieux, il dirige les *Observations sur les écrits modernes* de 1735 à 1743. Il fut le véritable maître et l'appui de Fréron.

14. Sans doute Moncrif et Nivelle.

15. L'abbé Jean-Bernard Le Blanc, historiographe des bâtiments du Roi, est aussi l'auteur d'une tragédie, *Abensaïd* (1735), qui ne mérite apparemment pas grande estime.

16. Liste hétéroclite d'auteurs du XVIIe siècle, dont le seul Chapelain figure dans le Catalogue du *Siècle de Louis XIV.* Ils ne sont pas absolument méprisables : Faret écrivit un ouvrage, *L'Honnête Homme* (1630), qui ne fut pas sans influence dans l'élaboration de la doctrine de l'honnêteté.

17. Moncrif, aimable littérateur, très mondain, poète, auteur de contes, d'un roman, *Les Ames rivales,* de la fameuse *Histoire des chats* (1727), est l'une des victimes favorites de Fréron. Il aggrave son cas en 1741 quand il donne une *Dissertation sur la*

prééminence des chats qui deviendra en 1748 *Lettres philosophiques sur les chats.*

18. Fréron accuse Duclos d'emprunter à l'Arioste (au chant XXXIV du *Roland Furieux,* Astolphe va avec saint Jean l'Evangéliste dans un vallon de la Lune où se voit tout ce qui a été perdu sur la Terre, afin d'y retrouver la raison de Roland enfermée dans un flacon), à Dufresny (*Les Amusements sérieux et comiques,* XIe Amusement), aux *Mémoires de Gramont* d'Hamilton.

19. Il s'agit des *Origines de la langue française* de Ménage, ouvrage réédité et augmenté de 1650 à 1694.

20. *Séthos* est le roman (1731), très lisible, de Terrasson. L'allusion aux chats vise évidemment Moncrif. Fréron joue sur le nom de l'historien latin Cornelius Nepos pour désigner le neveu des Corneilles, Fontenelle.

TABLE

Textes du XVIIIe siècle
publiés aux Editions Desjonquères

— *Le Siège de Calais* de Madame de TENCIN
— *Le Sopha* de CRÉBILLON FILS
— *La Nuit et le Moment* suivi de *Le Hasard du coin du feu* de CRÉBILLON FILS
— *Les Malheurs de l'inconstance* de C.J. DORAT
— *Lettres de Milady Juliette Catesby* de Madame RICCOBONI
— *Le Masque de fer* de MOUHY
— *Mémoires pour servir à l'histoire des mœurs du XVIIIe siècle* de Charles PINOT-DUCLOS
— *Lettres à la marquise de Coigny* du prince de LIGNE
— *La Poupée* de BIBIENA
— *Des principes et des causes de la Révolution en France* de SÉNAC DE MEILHAN
— *Point de lendemain* de Vivant DENON
— *Petit Dictionnaire des grands hommes de la Révolution* de RIVAROL
— *Mémoires* de Jean-Baptiste LOUVET
— *L'Enfant du carnaval* de PIGAULT-LEBRUN
— *Lettres à Condorcet* de Julie de LESPINASSE
— *La Dot de Suzette* de Joseph FIÉVÉE
— *Lettres de la Marquise de M*** au Comte de R**** de CRÉBILLON FILS
— *Angola, histoire indienne* de Charles de LA MORLIÈRE
— *Pauliska ou la Perversité moderne* de RÉVÉRONI SAINT-CYR
— *Correspondance* de Ferdinando GALIANI et de Louise D'EPINAY (T. I : 1769-1770)
— *Dialogues de M. le baron de Lahontan et d'un sauvage dans l'Amérique* de LAHONTAN
— *Les Confessions du comte de **** de Charles PINOT-DUCLOS
— *Correspondance* de Ferdinando GALIANI et de Louise D'EPINAY (T. II : 1771-février 1772)
— *Mémoires de monsieur le marquis d'Argens* de J.-B. BOYER D'ARGENS
— *Vie privée du maréchal de Richelieu*

CET OUVRAGE
A ÉTÉ REPRODUIT
ET ACHEVÉ D'IMPRIMER
PAR L'IMPRIMERIE FLOCH
À MAYENNE EN NOVEMBRE 1993.

N° d'impression : 34989.
D.L. : novembre 1993.